ホンキイ・トンク

筒井康隆

目次

君発ちて後

1

夫の築地昭太郎が蒸発してから一週間たった。

「もう、待てないわ」その朝、眼がさめるなり稀夢子《きむこ》はそう思った。昨夜から生理が始まっていた。部屋いっぱいに血の匂いが充満していて、瞬間湯沸器に点火するのがためらわれた。マッチをこすると部屋が大爆発するのではないかと思えた。

顔を洗い、化粧をし、身支度を整えて部屋を出ようとした時、夫の友人の福原がやってきた。

「やあ。築地君、まだ帰りませんか」暗い廊下に立ち、彼は冷やかすような眼つきで稀夢子の顔をじろじろと眺め、そう訊《たず》ねた。

もっとも、この男は常に冷やかすような眼つきをしていた。彼が本気で心配してくれているのかどうか、稀夢子にはわからなかった。おそらく、それほど心配していないのではないかと思えた。夫の蒸発以後、男の心理はますますわからなくなっていた。

「まだですわ」と、彼女はいった。「どうぞ、お入りになって」

「そうですか」うなずいた。「では、ちょっと」部屋に入りかけ、少し考えた。「でも、いいのかな」

「いいんですのよ。どうぞ」

入ったところが約十二畳分の洋間になっている。この木造アパートの中身は、外観よりも数倍よかった。

ソファに腰をおろしながら、福原は鼻をひくひくさせた。稀夢子はうろたえて、窓をぜんぶ開けた。

「どこかへ、お出かけになるところだったんですか」福原は彼女の動きを首で追いながら訊ねた。

「素人探偵がいよいよ行動開始ですわ。昨日までは、留守中に主人が戻ってくるような気がして、どこへも出られなかったんです」

「警察へはやはり、届けないおつもりですか」

「そのつもりですの。交通巡査が嫌いだから、刑事はもっと嫌いに違いありませんわ」

稀夢子は福原にコーヒーを出し、彼の向かいの低い肘掛椅子《ひじかけいす》に腰をおろした。膝上《ひざうえ》5センチのスカートをはいていたので、小麦色が自慢の太股《ふともも》がだいぶ出た。一瞬彼女の膝に眼を吸い寄せられた福原は、非人間的な努力を試み、ばりばりと大きな音をたててその視線をひっぺがした。

「ほんとに、ご心配をおかけしてしまって、福原さんには」

「奥さんも、たいへんですねえ」彼はそういって足を組んだ。股間《こかん》の膨らみを隠すためであろうと稀夢子には思えた。そして馬の性器を連想した。

「で、今日はどちらへ」

「主人の会社へ行って見ようかと思いますの。お給料の残りも下さるそうですし」

「そうだ。貯金はあるんですか。失礼なことをうかがうようですが」

この質問はあきらかに興味本位のものだったが、稀夢子は答えた。「ええ。当分は遊んで暮せるほど」

「へえ」福原は意外そうだった。独身の自分でさえ充分遊べるような給料も貰《もら》っていないのに、大学の同期生でしかも妻帯者の築地がそんなに多額の貯金をしているということが、どうしても腑《ふ》に落ちないらしかった。

「ところで」と、彼は稀夢子の顔を見ながらいった。「ぼくにも何か、お手伝いできることがあれば」

「もう、充分助けていただきましたわ」

「あなたがお気の毒だ」鼻息荒く溜息《ためいき》をついた。「見ていられないんですよ」

「うれしいわ。気にかけてくださって」

「築地の奴、しかたのない奴だ」彼はぐいとコーヒーを飲み乾し、立ちあがって窓際に寄り、外を見おろした。

次は、わたしの傍へ寄ってくるつもりなんだわ――と、稀夢子は思った。ちらと見た限りでは、あきらかに福原のズボンは膨れていた。男のひとのズボンというものは、あれはあの部分だけ、強い生地を使ってあるのかしら——そう思った——あとで夫のズボンを調べて見よう。

「築地を責めないでくださいな」と、稀夢子はいった。婦人雑誌の蒸発特集に出ていたせりふを、彼女はすらすらと喋《しゃべ》り出した。「あの人には夢があったんです。その夢を実現するためにはきっと、私がいてはいけなかったんですわ。私を愛してくれていたからこそ、冒険することができなかったんですわ。だから蒸発したんです。破滅に、私をまきこみたくなかったのね、きっと。あの人は、無責任に私をつれたままで新しい冒険をやり出すような人じゃなかったんです」

「蒸発した男に、責任感があったといえるでしょうか」

「責任感が強すぎたんだと思います」

「あなたはいいかただ」福原は稀夢子の傍にやってきて、肘掛けに尻《しり》をのせ、彼女の肩に片手を置いた。

ポマードだけはいいものをつけているのね——と、稀夢子は思った。ジョッキー・クラブの麝香《じゃこう》だった。

福原は次に、手を両肩にかけた。指さきが下に、そろそろとおりてきた。

「あなたの力になりたい」と、彼はいった。「力になります」

「心強いわ。とてもうれしいわ」稀夢子は立ちあがった。

福原は力になります、力になりますといいながら台所まで追いかけてきた。

「もう、出かけます」と、稀夢子はいった。

「そうですか」福原は肩を落とした。「では、用のある時はいつでも、ぼくの会社へ電話してください」

「ご親切に」

福原が帰ってから十分後に稀夢子もアパートを出た。アパートは山手線《やまのて》の駅に通じる商店街のはずれにあった。稀夢子は商店街をゆっくりと歩いた。八百屋の若者が火炎放射器のような視線を彼女の腰のあたりに向けているのがわかった。彼女は、自分のような美貌《びぼう》と均整のとれたスタイルは、あんな下層階級の青年には高嶺《たかね》の花に違いないと思った。いつも彼から視線を浴びせかけられた時はそう思う習慣がついていたのだが、今日は特にそう感じた。

国電に乗るのは久しぶりだった。車内は空《す》いていて、腰をおろすことができた。せっかく腰をおろすことができたのに、若い男が車内に少なく、自慢の膝のエキジビションができなくて残念だった。いったいどうしたのと稀夢子は自分に訊ねた——あなた、色情狂になったの。

夫とは二日に一度の性交渉があった。結婚して六年め、稀夢子は三十歳だった。二十六歳ぐらいには見える筈《はず》だと稀夢子は思っていた。蒸発前夜も、夫は稀夢子を狭い風呂場《ふろば》で抱いた。もっとも週刊誌の統計によると、たいていの男は蒸発前夜に妻を抱いているということだったが。

　わたしが肉体的に夫に満足させていなかったということはあり得ない――稀夢子は確信をもってそう思った。だしぬけに夫が蒸発してから、思いがけなく七日もぶっつづけにひとりで寝たため、からだの調子はあきらかに狂っていた。おとといの晩などは膣《ちつ》に蛆《うじ》がわいたにちがいないと思ってとび起きた。すべての事物が稀夢子の中であっというまにセックスに関係づけられるようになった。色情的生活型という性格類型があって、それは女性に多く、その生活行動の原理はセックスにもとづいているという話を彼女はどこかで読んだおぼえがあった。だがそれは自分にはあてはまらない筈だと稀夢子は思った。今まではあきらかに、そうではなかったのだから――。

　有楽町《ゆうらくちょう》で国電を降り、日比谷《ひびや》に向かった。夫は協和機器工業の本社に勤めていて、それは日比谷にある十三階建てオフィス・ビルの三、四、五階に事務所を持っていた。ビルの一階にある喫茶店に入り、稀夢子は電話で夫の同僚の佐川を呼び出した。店内は外光をとり入れて明るく、低いテーブルにはマーブルが使ってあり、コーヒーは薄くて音楽の方がおいしかった。音楽はヴォーカルばかりだった。流行歌手になってさえいれば――と、稀夢子は思った。ディーン・マーチンが「エヴリボディ・ラブズサムボディ・サムタイムズ」を歌い終り、次にシナトラ親娘がデュエットで歌い出した。これは近親相姦《きんしんそうかん》の歌だわと思っている時、佐川が角縁眼鏡を光らせて入ってきた。

「やあ。このたびはどうも、たいへんなことで。ご心配のことでしょう」

彼は事務的にそういって稀夢子の向かいに腰をおろし、色白の端正な顔で事務的にコーヒーを注文した。事務的な言動を自分で楽しんでいるようだった。

奥さんと愛しあう時も事務的にするのかしら——と、稀夢子は思った——いいえ、そうじゃないわ、こういう人に限ってきっと、ベッドの上ではだらしなくなるんだわ、口をあんぐりと開いて咽喉《のど》をぜいぜい鳴らし、咽喉仏をぎくぎく動かし、痩《や》せた肋骨《ろっこつ》をがくがくと痙攣《けいれん》させ、しゃくりあげむせ返り白眼を剝《む》きひきつけを起し、よだれを垂れ流しながら角縁眼鏡を鼻の下までずり落して……。

「ちょっとオーバーかしら」

「何がオーバーです」

「何んでもありませんのよ」稀夢子はあわててコーヒーを飲み乾した。

この佐川は夫と同じ年に入社したのだが、すでに係長待遇になっていた。社内では切れ者と噂されていると、夫の口から聞いたことがあった。

「あなたが会社で、主人をご覧になった最後のかた및とうかがったものですから」

「そうなんです」佐川はうなずいて喋り出した。「あの日の午後三時頃でした。築地君は工場へ行く用があって会社を出たんです」彼は窓越しに、向かいの歩道を指した。「ここからも見えますが、あそこに都バスの停留所があるでしょう」

「ええ」

「彼はあそこに立って、バスを待っていました。あのバスに乗ると、工場まで乗り換えなしに行けるんです。ぼくの席は三階の窓ぎわですから、彼がバスを待っている姿が見えました。彼は禿頭の中年のサラリーマンらしい紳士といっしょに、並んでバスを待っていました。やがてバスがやってきて止り、すぐ発車しました。彼の姿は消えていました。当然彼は、その禿頭の紳士といっしょに、バスに乗ったものと思われます。でも彼は、工場にはあらわれなかったそうです」

「禿頭の紳士というのは、会社のかたですか」

「いや。会社の人じゃありません。知らない人です。停留所で並んで立っている様子を見たところでは、お互いに知らない者同士としか見えませんでした」彼はあわててつけ加えた。「しかしこれはぼくひとりの観察です。断言はできません」

話しながらも、佐川は稀夢子を、まるで無機物を眺めるような眼つきで見続けていた。事務的な会話しか、したくないらしかった。この男は、主人とは仲が良くなかったに違いない——稀夢子はそう思った——空想家と事務屋さん、話の合うわけがないではないか。きっとこの男は主人を軽蔑《けいべつ》していたのだろう——そう思うと、急に稀夢子はこの男が憎くなった。さっきの空想で、もっともっとおかしな恰好《かっこう》をさせてやればよかったと後悔した。

彼の返事はわかっていたが、稀夢子はとにかく訊《たず》ねてみた。「心あたりがおありになります」

「何の心あたりですか」

「主人が失踪《しっそう》した理由ですわ」

「わかりません」わかりたくもありませんとつけ加えたいような口ぶりだった。「彼は仕事に忠実でした。責任感も持っていました。人間関係も、うまくいっていた筈です。他の会社よりはサラリーもよく、来年は係長になれる筈でした。不満はなかったと思います。少なくとも仕事の上では」意味ありげに、彼はそこで言葉を切った。

彼の眼はこう語っていた——築地君がもし不満を持っていたとすれば、それはあなた以外には考えられません。奥さん、あなたが原因なのでしょう。あなたが彼を困らせたのでしょう。ぼくと比べて彼の出世が遅いのでヒステリーを起し、夜ごと愚痴をこぼして彼を悩ませたのでしょう。収入が少ないと責めたてたのでしょう。夜ごと彼にサービスを要求し、昼間の仕事でくたくたに疲れ切った彼の肉体を飽くことなく貪婪《どんらん》にむさぼったのでしょう。そうでしょう……。

「そうじゃないわ」と、稀夢子は叫んだ。「いつも求めてくるのは彼の方からだったし……」

稀夢子はあわてて言葉を切った。

だいぶ大きな声を出したらしく、店中の客があきれて彼女を見ていた。

「何を求めたのです」と、佐川がびっくりして訊ねた。角縁眼鏡の中で、眼球がまん丸になっていた。

「彼は、家庭に不満を持っていたとも思えないんです」稀夢子は蚊の鳴くような声でそういった。

「なるほど。いい家庭、立派な職業——だけど、それがかえって築地君には重荷だったのかも知れませんね」

「あら。そんなことって、あるでしょうか。そんなわがままな……」

「男は本来、わがままなものなのです」と、佐川は大社会評論家のような口調でいった。

「家庭と職場を守って無事に一生を送る――それもひとつの人生でしょう。でも、無事に生きてきたというだけでは生きた値打ちがない――そう思う人間も中にはいるのです。男はみな多かれ少なかれそう思っています」

「あら。そうですか」稀夢子はもうどうでもよくなってきて、投げやりにそういった。

夫の行方を探すという目的でここへ来たのだが、いざとなると何もかも面倒だった。男には論理がある、だが女には思考感情しかない――つまり女は感情の中で思考する、だから女の探偵なんてナンセンスだわ――そう思った。面倒になった時はいつも、彼女は自分が女であることを思い出すようにしていた。

――こういう場合、女に出来ることは、ただ夫の帰りを待ち続けることだけなのだろうか。待って、待って、待って、それでもあなたが帰ってこなければ、うずいているこの肉体、わたしいったいどうすればいいの、あきらめきれない、どうにもならない、あきらめきれない、どうにもならない……。

「……あきらめきれない。どうにもならない。あきらめきれない」いつのまにか首を左右に振ってリズムをとり、大きな声でそう歌っている自分に気がつき、稀夢子ははっとわれに返った。

佐川があきれて見ていた。

「おいそがしいところを」と、稀夢子はあわてていった。「お呼び立てしまして、どうも」

「いや。いいんですよ」佐川は立ちあがり、伝票をつかんだ。

「あ。それはわたしが」

「いえ。ぼくが」

「いえ。わたしが」

「いえ。ぼくが」

「いえ。わたしが。あの、わたしまだ、しばらくここに居りますので」

「あ。そうですか。それじゃあ」佐川は伝票を置き、そそくさと出ていった。

稀夢子はあらためて注文したコーヒーをゆっくりと飲みながら、しばらくぼんやりと考えこんでいたが、やがてステレオが男の声で帰りたくないのと歌い出したので腹を立てて店を出た。

ビルの四階の経理課へ行って夫の給料を貰《もら》った。三万九千円あった。家を買うつもりだった貯金が八十二万五千円あるから合計八十六万四千円になったわけである。夫は蒸発した時金を数千円しか持っていなかった。稀夢子の読んだ週刊誌の統計では、蒸発した人間の平均所持金は三万円足らずだということだった。

さて、これからどうしたものか——ビルを出てから、稀夢子はちょっと考えた。都バスの車庫へ行き、夫の乗ったバスの車掌を探し出していろいろ訊《き》いてみようかとも思ったが、相手の迷惑そうな顔を思い浮かべて、たちまちその気をなくしてしまった。そんなこと、どうせ下層階級の女車掌のことだもの、憶《おぼ》えていないにきまっているわ――。

ぼんやりと向かいの歩道のバス停を眺めているうち、稀夢子は、夫がバスに乗らなかったのではないかと思いはじめ、それは次第に確信に近くなってきた。バス停のまうしろには、向かい側のビルの入口のガラス・ドアがあった。バスが停車している時に、ガラス・ドアを押して、その十数階建てのビルの中へ入っていったということも考えられる――いいえ、そうに違いないわ、だから、こちら側から見ていた佐川さんには、夫がバスに乗ったように思えたんだわ。車道を横断し、稀夢子は向かい側のビルに入って行こうとした。だが、ガラス・ドアの前でまた面倒臭くなった。

夫が帰ってきてほしいという願望と、探偵をやりたいという衝動とは、ぜんぜん別のものなのだろう――そう思い、彼女は日比谷の映画街へ向かった。ベッド・シーンのありそうな映画は避け、西部劇を見た。マカロニ・ウエスタンで、あまりの残虐シーンの続出に、稀夢子は貧血を起しそうになった。それでも画面に血の色があふれ出すと、眼を見ひらいて眺め続けずにはいられなかった。

2

アパートに戻り、タンポンを入れ替えている時に、やあどうもどうもといってまた福原がやってきた。

　ガウンに着換えた稀夢子をじろじろ眺めながら、彼は冷やかすような調子でいった。

「どうです。収穫はありましたか」

「ありませんでした」中へ入りたそうにしているので、稀夢子はドアを大きく開いた。

「お入りください」

「じゃ、お邪魔します」彼はためらわずに部屋へあがりこんできた。

　稀夢子は台所へ入った。コーヒーを沸かそうと思ったが、もうなくなってしまっていた。

彼女は細身の刺身庖丁《ぼうちょう》をとりあげ、鋭い切先を蛍光灯に近づけてじっと眺めた。もし、また福原が何かしようとしたら、これで彼の咽喉《のど》をざっくり開いてやろうかしらと考えた。

でも、お魚を半身におろすように、人間の咽喉が半身におりるか知らん、男の人の咽喉には咽喉仏というものが出ているけど、あれは開くことができるのかしらと思った。

「どうぞお構いなく」と、福原が洋間から声をかけた。「すぐ帰りますから」

「でも」

　彼女は盆の上にコップふたつと刺身庖丁をのせ、洋間に戻った。福原は肘掛《ひじかけ》椅子に腰かけていた。稀夢子をソファにすわらせる気でいるらしく思えた。そして頃合いを見はからい、わたしを押し倒す気なのだわ——と、稀夢子は思った——気をつけなくちゃ……。

　ソファに掛けた稀夢子が盆を中央の低いテーブルに置くと、福原は咽喉がかわいていたらしく、さっそくコップをとりあげてがぶりとひと口飲んだ。それから飲んだものをゲロゲロとコップに戻し、おどろいて稀夢子を眺めた。

「奥さん。これはコーラじゃないですよ」眼をしばたたいた。「こ、これは醬油《しょうゆ》です」

「すみません」稀夢子は身をくねらせた。「ちょうどコーラがなかったものですから」

福原は苦笑した。「でも、醬油は飲めませんよ」

「そうですか」

「奥さんが、こんな冗談をお好きとは思いませんでしたな」彼はわざとらしく明るい声を出していった。「それともぼくがお嫌いなんですか」

「まあ」稀夢子も軽く笑った。「そんなこと、ありませんわ」

「奥さん」福原が、だしぬけに真顔に戻った。「今日は少し酔っているんですが、勘弁してください」

「まあ。いいですわね。酔ってらっしゃるなんてうらやましいこと。わたし酔っぱらいは好きですのよ」

「お話があるんです」彼は真顔を崩さなかった。「もう、おわかりになるだろうと思いますが……。酔っぱらってお話ししなけりゃならないようなことなんですから……」

「わかりませんわ」稀夢子は刺身庖丁にちらと眼を走らせてから訊《たず》ね返した。「何ですの」

福原は稀夢子のガウンを着た胸のあたりに眼を据え、喋《しゃべ》り出した。「ぼくはずっと、築地がうらやましかった。あなたのような美しい方を妻にして、あなたに愛され、幸福で……。しまいにぼくは、そんな彼が憎くてたまらなくなってきたんです」

「まあ。では主人は蒸発したのではなく、実はあなたに殺された……」

「冗談じゃない。早合点しないでください」彼は押しとどめるように両手を前へつき出し、腰を浮かした。「築地君を殺せばあなたが悲しむ。ぼくがあなたを不幸にするようなことを、する筈《はず》はないでしょう」

稀夢子は溜息《ためいき》をついた。「わたしたちは幸福でしたわ。でもあの人には、家庭の幸福などという現実的なことはどうでもよかったんです。あの人はあまりに空想的、わたしはあまりに現実的――だからうまく行かなかったのかもしれませんわね」

「それは違う。男は昔から空想的です。女は昔から現実的です。だから世の中うまく行ってるんです。男の夢を女が現実に引き戻す、だから世の中うまく行ってるんです。一方、男が空想するからこそ新しい発見や発明があり、だから世の中進歩するんです」

「でもわたし、あの人の夢を現実に引き戻したことなんか、いちどもありませんでしたわ。あの人が冒険しようとする時に、もし失敗したらどうするつもりなんて訊ねたこと、一度もなかったわ。あの人に、やりたいようにやってほしかったわ。それでもあの人は行ってしまった。なぜなの。あなたの空想を、わたしが一度でも笑ったことがあって。なかったわよ。ああ。それなのになぜあなたは行ってしまったの。なぜ帰ってこないの。なぜなのよ。どうしてなのよ」いつの間にか稀夢子は福原の顔に眼を据えて難詰していた。「おっしゃって頂戴《ちょうだい》」

福原はびっくりして、また中腰になった。「そんなこと、ぼくは知りませんよ」

「あら。ごめんなさい」

「家庭の幸福が好きでなかったとすると、築地君はよほど旧式な人間だったんですな」

「まあ。どうして築地が旧式なんです」

「だってそうでしょう。最近の亭主族はみんなマイホーム主義者だ。仕事よりも家庭だ。ぼくだってそうです。ぼくは必ず幸福な家庭を築きあげて見せますよ奥さん」

「でもさっき、あなたおっしゃったじゃないですの。男の空想が世の中を進歩させるんだって」

「それはだから、昔の話なんです」彼は立ちあがり、窓ぎわに寄ってガラス越しに外を眺め、演説をぶち始めた。「ごらんなさい奥さんこの大都会。マンモス・アパートにマンモス・ビル。トポロジー的なハイウェイ。空には人工衛星。人類文明は今や爛熟《らんじゅく》状態です。こんな世の中で、男の夢を生かせる場所がどこにありますか。男ひとりで、いったいどんなことができるというのです。何か仕事ができますか。出来ませんできません。仕事は組織がやるのです」

　稀夢子は議論に退屈してきた。これならいっそのこと、彼が言い寄ってきた方がまだましだと思った。

「今は組織の時代です。個人は仕事をやらなくていいのです。家庭サービスさえやっていりゃいいんです。仕事なんか、だんだんなくなって行きます。その証拠に、週五日制がもうすぐ週四日制になります。そのうち仕事は機械がやるようになります。家庭に幸福を見《み》出《いだ》せないような人間は現代人じゃありません。片輪です。現代の人間は家庭の幸福を守り、子供を生んでいればいいのです」彼は稀夢子をふり返った。「ぼくは奥さんと幸福な家庭を築きたい。奥さん。お願いです。ぼくの子供を身籠《みごも》ってください」彼は声をうわずらせながら稀夢子の傍にやってきた。

「あら。わたしは夫のある身です」

「そうですか。しかしかまいません。ぼくと結婚してください」彼はソファのうしろに立ち、稀夢子の胸を背後から抱いた。「ああ。以前から、こういう具合にしてあなたを抱きしめたかった」

稀夢子は身を固くしたままで冷たくいった。「あら。そうですの。で、どんな感じがなさる」

「冷蔵庫を抱いてる感じです」

「そうでしょうね。名前がキムコだもの」

「あなたは冷たい方だ。どうしてぼくの気持をわかってくださらないのです」

稀夢子は刺身庖丁の方へ手をのばそうとした。その時、福原が彼女の首すじにキスをした。

稀夢子の肉体は首すじが回路の接点になっていた。彼女はたちまち感電し、あっと叫んでとびあがった。そのはずみに福原はソファの凭《もた》れを越えてクッションの上に倒れ、さらに一回転して床に落ちる途中、腰骨をテーブルの隅にぶつけた。

す笑いながらそういった。
「いけませんわ。およしになって」稀夢子は立ちあがり、福原の恰好《かっこう》のおかしさにくすく
「いてててててて」

福原も、痛さに顔をしかめながら笑った。笑いながらいった。「ああ奥さん。あなたは
ぼくの心臓を櫟弄《れきろう》する」彼はおどけついでに床の上で身もだえた。「ぼくは苦しい。ぼく
はあなたを抱きしめたい」急に真剣になり、彼は立ちあがって稀夢子に迫ってきた。「ぼ
くは、ほ、ほ、本気ですよ奥さん」
「お帰りになって」稀夢子は少しきびしい声できっぱりと言った。「もう、いらっしゃら
ないで」

福原はあわてて、また喜劇タレントに早がわりし、大袈裟《おおげさ》に嘆息した。「ああ。あなた
のハートの貞操帯には、どんな鍵《かぎ》が合うんですか」

稀夢子は笑いながらドアを開けた。「主人の持っている鍵だけです」
「また来てもいいでしょう」彼はドアを出てからふり返り、懇願するような眼でいった。
「ねえ。いいでしょう」
「さようなら」

稀夢子はドアを閉めた。鍵をかけ、寝室に戻り、ベッドに横たわってオナニーを二回し
た。それからガス風呂《ぶろ》に火をつけ、またベッドに戻って裸のまま湯が沸くのを待った。少
しうとうととして、夢を見た。すっ裸で公衆便所へ入っている夢だった。しかもその公衆

便所の壁はぜんぶ透明のプラスチックだった。道を行く男たちがにやにや笑い、ふり返りながら通り過ぎて行く。彼女は恥ずかしさに、しゃがんだまま両手で顔を覆った。

天井裏で物音がしたため、稀夢子はおどろいて眼を醒《さま》した。夫が天井裏にいるのだろうか——そう思った。蒸発した夫たちが、実はそれぞれの家の天井裏にひそんでいる——稀夢子にはそれが、いかにもありそうなことのように思えた——だから、なかなか見つからなかったんだわ。

天井裏へは、押入れの天井板をはねあげれば入って行ける筈だった。ちょうどすっ裸だから、裸のまま入って行こうと彼女は思った。——ほこりやネズミの糞《ふん》でまっ黒に汚れたとしても、そのまますぐ風呂へとび込めばいいのだから……。

懐中電燈《でんとう》片手に押入れの上段にあがって立ちあがり、隅の天井板を一枚押しあげ、ごそごそと天井裏へ這《は》いあがった稀夢子は、ライトを点《つ》けて四方を照らした。天井裏は広かった。この木造アパートのこの階にある部屋のすべての天井裏が間仕切りなしに続いていることを彼女ははじめて知った。

ごそり——と、何ものかが闇に蠢《うごめ》いた。あわてて明りを向けると一瞬光の中に男の姿が浮かびあがった。男はすぐに毛布らしいものを頭からひっ被《かぶ》った。

「あなた」稀夢子は喜びの声をあげた。「あなた。やっぱり、そこにいたのね」

彼女はいそいで懐中電燈を口に銜《くわ》え、天井板を踏み抜かないように用心しながら梁《はり》づたいに四つん這いで彼の傍へ寄っていった。

「ねえ。お願い。帰ってきて頂戴。わたしが悪かったのなら、そう言ってくだされば悪いところは改めます。だから下へおりてきて頂戴」わあわあ泣いた。「ねえ。黙ってないで何とか言って」

稀夢子は彼の毛布をむりやりひっぺがした。

「あ……」

夫ではなかった。

「あなたは、お隣りのご主人」

「許してください」男はおどおどした声でいった。「黙っていてください。わたしは三日前に蒸発したんです。だけど行くところがないのでここにいました」

「でも、お宅の天井裏はもっとあっちの方でしょう」稀夢子はそういった。「ここはわたしの寝室の天井裏」

「わ、わたしは、わたしは」男は口ごもった。

階下の寝室から天井板を通して洩《も》れてくる明りが男の髭《ひげ》づらを照らしていた。

「あら見てたのね」稀夢子は叫んだ。「わたしの寝乱れ姿を。わたしの裸を。わたしの……」

稀夢子はまっ赤になった。

「すみません。見ずにはいられなかったので」男は顔を伏せたまま沈痛な声でいった。

「あなたの美しさに、わたしは魅了されたのです。あなたの裸体はあまりにも、あまりにも……」顔をあげた。

稀夢子はあわてて明りを消した。暗がりの中で男の鼻息が急に荒くなった。「あなたは今、す、すっ裸ですか」

「あ、あなたは裸なのですか」はじめて気がついたらしかった。「そうですか。そうですか」

稀夢子はじりじりと後退《あとずさ》った。「そんな大きな声を出すと、お宅の奥さんに聞えるわよ」

「妻は今、外出中です」男はじりじりと稀夢子に迫った。

「奥さん。わたしはこの天井裏で、あなたのその蠱惑《こわく》的な姿態を眺め、上からひそかに、あなたに恋い焦がれていたのです。屋根裏の散歩者の人知れぬ熱烈な恋。ああ、それが何と切なく、またはかなく、そして何と突拍子もないものであるか、あなたにはおわかりでしょうか。でも奥さん。今、あなたはわたしの前にいる。手をのばせば届くほどのすぐ前に。しかも裸で」

男がぴちゃぴちゃと舌なめずりする音さえ聞こえ、そのぬめぬめと光る異様に赤い唇を連想して稀夢子は身をふるわせ、いつか闇の中でにっと笑っていた。もっともそれは、必ずしもひと昔前のミステリイの登場人物が演じた恐怖の身顫《みぶる》いではなく、恐ろしさのあまりの笑顔でもなかった。幾分かは彼女も、この異常なシチュエーションを楽しんでいたのである。

「傍へよらないで。汚ないわ。あなたはけだものよ」

「その通り。わたしはけだものです。天井裏に住む醜いけだものです」

ふたりはいつの間にか、それらしい科白《せりふ》のやりとりを面白がっていた。

「奥さん。どうかけだものに、情けをかけてやってください」

男の掌が稀夢子の内股《うちまた》に触れた。

「ひっ」と、稀夢子が軽く叫んだ。

その悲鳴の中に微妙な割合いで含まれている歓《よろこ》びの感情を敏感に聴きわけた男は、たちまち勇気を得て稀夢子の身体の上にのしかかってきた。足がかりにしていた梁から、ふたりの身体がはみ出した。

天井板が、はげしい音をたてて破れた。

ふたりが墜落したところは風呂場だった。稀夢子はタイルの上に落ちたが、男はプラスチックの風呂蓋《ぶた》をさらに突き破って煮えくり返った熱湯の中へ頭からさかさまにとびこんだ。

「あちちちちち」

「助けて。助けて」稀夢子は風呂場からとび出し、すっ裸の股間《こかん》からタンポンの糸を垂らしたままアパートの廊下へ駈《か》け出て、声をかぎりにわめいた。「誰か来て。助けてください」

同じ階の住人たちが、仰天してそれぞれの部屋からとび出してきた。あまりの騒ぎに、とうとう一階に住んでいる管理人までがやってきた。彼は風呂場に入り、天井の破れ具合を見て眼を剝《む》き、牙《きば》を剝いた。そこへ隣室の主婦が外出から戻ってきた。

騒ぎは夜中の二時まで続いた。

3

翌朝、稀夢子が眼醒めたのは十一時過ぎだった。ドレッサーの前に腰かけてみると、額に小さな瘤《こぶ》ができていた。バンソーコーを貼ろうとしたが、まちがえてドレッサーに貼ってしまった。面倒になり、貼るのをやめた。生理はまだ続いていた。

昨日と同じ服を着てまた出かけた。商店街を抜け、駅前の銀行で預金をぜんぶおろそうとした。

「少し残しておかれた方がいいのでは」

若い銀行員が心配そうな顔で彼女を眺め、そういったので、五千円だけ残して八十二万円出した。ハンドバッグの中にはコンパクトやハンカチや小銭入れや何やかやをいっぱい入れていたので札束が入り切らなかった。札束の入った銀行の封筒を右手に持ち、ハンドバッグを左手に持って歩くことにした。

駅前でタクシーを呼びとめ、日比谷へというと、運転手は稀夢子が乗るなり返事もせずに車をスタートさせた。運転手は稀夢子が何を話しかけても口をきかなかった。上流階級の人間に反感を持っているに違いないと稀夢子は思った。だが、いくら上流階級の人間といっても、女なら別の筈《はず》だがと思い、きっと自分が醜男《ぶおとこ》なので美人に反感を持っているのだと思った。カー・ラジオはフリュートでボサノバをやっていた。窓から見あげると、空は晴れていた。稀夢子はにこにこ笑った。協和機器工業のビルの前で車を降りる時も、彼女はにこにこ笑っていた。

夫が立っていたというバス停に、稀夢子は立ってみた。周囲を見まわしたが、禿頭の紳士はどこにもいなかった。バスがやってきたら乗ってみよう――稀夢子はそう思った――女というものは判断力がないが直感が鋭い、だから、もしかすると夫がどこでバスを降りたか、わたしにはわかるかもしれない――。

バスはなかなか来なかった。稀夢子は背後のビルをふり仰いだ。夫は、このビルに入ったのかもしれない――彼女はまた、そう思った――バスに乗る前に、このビルの中を調べてみようかしら、でも、バスを待っていた方がいいかもしれない――。

バスはなかなか来なかった。

ガラス・ドアを押してビルの中に入ると、右側一列に五台の自動エレベーター、左側には階段があった。向かいの、協和機器工業のあるビルの一階と、よく似ていた。まん中の車道をはさんで、ほぼ対称形をなしているようだった。エレベーターの前で考えこんでいると、中年の頭の禿《は》げた立派な紳士がガラス・ドアから入ってきて、停っているエレベーターに乗った。ドアが閉まる直前に、稀夢子も大いそぎでそのエレベーターにとび乗った。ゴンドラの中には紳士と稀夢子のふたりだけだった。稀夢子は大きく眼を見ひらき、紳士を凝視した。紳士は稀夢子に微笑みかけ、軽く会釈した。稀夢子はにこともせず、紳士を凝視し続けた。

紳士は三階のボタンを押してから稀夢子に訊《たず》ねた。

「何階へいらっしゃるんですか」

「三階です」

紳士は怪訝《けげん》そうに稀夢子を眺め、こころもち肩をすくめた。

ゴンドラが三階で停り、稀夢子は紳士に続いてエレベーターを降りた。

三階にある会社は一社だけらしく、それは『大和計算機工業株式会社』という会社だった。稀夢子は紳士の入っていったドアのガラスに黒いエナメルで揮毫《きごう》された社名を眺めながら、これは夫の勤めていた会社の商売敵だわと思った。彼女は考えた――ひょっとすると、夫は実はこの会社の社員で、協和機器へ潜入していた産業スパイだったのじゃないかしら、給料が多かったのは、両方の会社からお金を貰《もら》っていたからで……。

「いらっしゃいませ」ドアを押しあけて入ると、中は広い事務所になっていて、受付のBG《ビジネス・ガール》が頭をさげた。「どちらさまでいらっしゃいますか」

稀夢子が黙っていると、BGはさらに訊ねた。「あの、ご用件は」

「蒸発について、お伺いしたいのです」稀夢子はきっぱりとそういった。

BGはにこやかに頷《うなず》いた。「蒸発課はここでございます。どなたのご紹介でいらっしゃいますか」

稀夢子は事務所を見まわし、窓ぎわの席にかけている禿頭の紳士を指さした。

「ああ。千田課長ですね。少々お待ちくださ い」

ＢＧは担当の若い社員の席へ行き、そっと何ごとか耳うちしはじめた。その社員はＢＧの言葉をぜんぶ聞き終ってから、弾《はじ》かれたように立ちあがり、愛想笑いを浮かべながら稀夢子に近づいてきた。

「ようこそいらっしゃいました。千田課長のご紹介だそうで。わたしは開発課の馬野です」

「いいお名前です」

「当社では、新しく来られた方には会社の事業についてのご説明や、社内のご案内などをしてさしあげることになっております」

「ご親切に」稀夢子は深く頭をさげた。

「こちらへどうぞ」馬野という社員は稀夢子を廊下へ導きながら喋《しゃべ》り続けた。「申すまでもなく当社は、おもて向きは大和計算機工業株式会社ということになっておりますが、実はそれはまっ赤ないつわり、ほんとは『人間蒸発株式会社』でございます。資本金は八十二万五千円ですが、昨日三万九千円増資いたしまして現在は合計八十六万四千円です。正社員は三十名ですが顧問や嘱託が二十六名います」

「お金をとって蒸発させるのですか」

「蒸発希望者からはお金はいただきません。なにしろ蒸発しようという人は、たいてい普段着のままでここへやってきますから、多額のお金は持っておいでじゃございません。中には百円しか持たず、サンダル履きで見える方もあります。いいですか。蒸発志向者にとってだいじなのは、蒸発しようと決心した時のその精神なので、お金ではないのです。所持金や身装《みな》りにこだわるような人は、蒸発しようなんて考えたりはしません。蒸発に必要なのは意志だけです」彼は軽く頭を下げた。「これはお説教じみたことを。失礼いたしました」

「いいんですの。でもそういうことは週刊誌で読んで知っています」

「左様でございましょうとも」彼は廊下の右手のドアを開けた。「ここは再就職教育室です」

中は教室になっていて、数人の男が料理の講習を受けていた。刺身庖丁《ぼうちょう》を手にした白髪の老婆が鮮魚を半身におろす方法を実演して見せていた。

「蒸発した人は、自身の希望する職種の講習を受けることができるのです。今、板前の授業中です」と、馬野はいった。

「どんな職業でもいいのですか」

「上は事務屋さんや歌手や競馬の騎手《ジョッキー》から、下は八百屋の小僧やタクシーの運転手や、はてはバスの車掌にいたるまで、どんな職業指導でも受けられますし、卒業の際は就職の斡《あっ》旋《せん》もやります。商売を始めたい方には資金もお貸しします」彼はその向かい側のドアをあけた。「ここは証書類偽造室です。にせの身分証明書やインチキの戸籍謄本、でっちあげた履歴書などを作っています。では上の階へどうぞ」馬野は稀夢子を廊下のつきあたりの階段から四階へ案内しながらいった。「この会社は、再就職した人たちの寄附金によって運営されています。寄附金は多額です。ここから再出発した人たちは、いずれも自分が前からやりたく思っていた仕事をやるわけですから、例外なく成功するのです。タンポンの発明者や、今の流行歌手の三分の一はここの卒業生です」

　四階は最初の部屋が手術室になっていた。「ここが整形手術室です。新しい顔になって人生を再出発したい人は、ここで他人の顔になるのです。整形美容もします。この部屋からはテレビや映画のニュー・フェイスも何人か巣立ちました。声も変えられます」

　手術台では今しもひとりの男が数人の医者から押えつけられ、顔の皮を剝《は》がれているまっ最中だった。

「あの男は、『蒸発人間の顔の他人』というひどい映画を作った男です。彼に笑いものにされた蒸発者たちの怒りが念力となり、彼は自ら蒸発者になってしまいました。今、彼は、自分が映画の題材にした実在の蒸発者と同じ顔になって社会へ復帰しようとしています」

「で、彼の新しい職業は何ですの」

「蒸発者です。それが彼の希望なのだからしかたがありません。そして『帰ってきた蒸発者』という映画に主演するそうです。さあ。こちらへどうぞ」

　隣室は広いロビーになっていて、数十人の蒸発者たちが落ちつかぬ様子でうろうろと歩きまわっていた。その中には、あの事務屋の佐川の端正な顔も見られた。彼は白眼を剝《む》き、ぜいぜいあえいでいた。また、他の数人はすっ裸だった。彼らの陰茎はいずれも勃起《ぼっき》していた。

　彼らの様子をしばらく眺めているうちに、稀夢子はだんだんうすら寒くなってきた。ふと気がつくと、自分もすっ裸になっていた。

「あら。いや」あわてて両手で前を覆いながら、彼女は馬野にいった。「ここには、わたしの主人はいませんわ」

いつの間にか馬のようにながい顔になった馬野が、ひんひんと笑いながらいった。「ここにいる男たちは、誰ひとり結婚を希望していません」

「そうじゃありませんの。わたし、蒸発した主人を探しているんです」

「何ですと」馬野の顔が、おどろきでさらにながくなり、たちまち彼もすっ裸になってしまった。「じゃあ、あなたは蒸発志願者じゃなかったんですか」

「ええ」稀夢子はなるべく馬野の股間《こかん》を見ないようにして喋った。その部分がどんな状態になっているか、彼女は知っていた。「きっともう、ここを卒業してしまっているんですわ。お願いですから、彼がどんな名前で、どんな顔になって、どこで何をしているのか教えてください」

「残念ですが、それはお教えできません」

「じゃあ、この会社のことを警察や新聞社へ行って喋り散らすわよ。いいこと」

馬野の顔は狼狽《ろうばい》と困惑で、床と天井に届きそうなほどながくなってしまった。

「しかたがありませんな」彼は荒い大きな鼻息とともに肩をすくめた。「では、資料室へ来てください。ご主人のカードをお見せします。そのかわりこの会社のことは絶対に外部へは洩《も》らさないでくださいよ」

馬野はロビーの中を横切って、部屋の隅へ稀夢子を導いた。周囲の男たちが、じろじろと彼女の均整のとれた肉体を眺めた。今や彼らはすべて裸体だった。

わたしはきっと、この男たちすべてにとって高嶺《たかね》の花なんだわ——稀夢子はそう思った——蒸発者なんて、みんな下層階級の人間なのよ、きっとそうなのよ、そうなのよ、夫だってそうだったわ——。

ロビーの隅には押入れがあった。

馬野に続いて稀夢子も押入れの上段にあがり、そこから天井裏に這《は》いあがった。天井裏が資料室になっていた。両側に数台ずつ並んでいるキャビネットのひとつからファイルを出した馬野は、その中のカードの一枚を抜き取り、稀夢子に見せた。

「これがあなたのご主人の、現在の顔です」

懐中電燈《でんとう》の明りでそのカードを眺めた稀夢子は、カードの右端に貼ってある写真の顔を見ておどろいた。

それは福原の顔だった。

「お乗り、お早く願います」

ヒステリックな女車掌の声に、バス停に佇《たたず》んでいた稀夢子は一瞬われにかえった。白昼夢に浸っていたため、バスがやってきたのに気がつかなかったのだ。

「すみません。ぼんやりしていて」稀夢子はあわてて都バスに乗り込んだ。

車内は空《す》いていた。乗客は稀夢子を含めて五人だった。稀夢子が女車掌のすぐうしろの席に腰かけるとバスはお濠端《ほりばた》を走り出した。女車掌が乗車券を売りに車内をうろつきはじめた。

このバスは夫の乗ったバスと同じバスかも知れないと稀夢子は思った。——そしてこの女車掌がもしかするとその時の女車掌で、さらにもしかすると夫がどこで降りたかを憶《おぼ》えているかも知れない。——訊《き》いてみようかと思ったが、女車掌の仏頂面を見た途端そんなことを訊くのは実に無意味だと彼女は悟った。

さっきの白昼夢の中で、夫の顔が福原の顔になっていたことを思い出し、あれはわたしの願望だったのだろうかと彼女は考えた。——わたしは福原を好きになりかけているのだろうか、帰って来ない夫よりもむしろ福原を……。——それとも、福原を求めているのはわたしの肉体だけなのだろうか——。

乗客のひとりが立ちあがり、女車掌に向かって大っぴらにいたずらをはじめた。やがて女車掌が悦《よろこ》びの表情をあらわにして断続的に絶叫しはじめたので、稀夢子はあわててバスを降りた。

降りたところは銀座《ぎんざ》だった。稀夢子はあわてたままでデパートに入り、大いそぎで化粧品を買いあさった。デパートのいちばん大きな紙袋に高級化粧品をしこたま詰めこみ、封筒の中にまだ数十万円残っている金を人に見られないようにそっとデパートの屑籠《くずかご》に落し、有楽町へ出て山手線に乗った。

福原に身体をやろうと決心したため、稀夢子は浮きうきしていた。笑い続けた。笑い続けながら、彼女はいつまでも山手線に乗っていた。山手線は東京の都心部をぐるぐるまわった。稀夢子もぐるぐるまわった。

日が暮れかかり、退勤時間で国電が混みはじめた。稀夢子は国電を降り、商店街を抜け、アパートへ向かって歩き出した。歩きながら、今夜の福原との行為を想像し、時どき嬉《うれ》しげにくすくす笑ったり、呻《うめ》き声の練習をしたりなどした。

通りすがりに八百屋に寄り、あの若い店員に赤ん坊の腕は売っていないかと訊《たず》ねた。若い店員が赤ん坊の腕は置いていないと答えたので、稀夢子はそうなのといって金を出し、キャベツをたくさん持ってくるように頼んだ。アパートへ帰り、服を脱いで裸になり、台所で化粧品をぐつぐつ煮た。

やがて誰かが入口のブザーを鳴らした。稀夢子はいそいで洋間へ行った。ソファに横たわってからぐいと血まみれのタンポンをひっこ抜き、彼女は大声で叫んだ。「お帰りなさいあなた。鍵《かぎ》はかかってないわよ」

ワイド仇討

街道をやってくると、派手な着物を着た若い女が、松の木の根かたで腹を押さえ、うんうんうめいていた。

「おい策助。あれを見よ。若い女が何ごとか苦しんでおる」と、旦那様《だんな》がおれにいった。

「きっと持病の癪《しやく》というやつであろう。介抱してやろう」

「よくある話です」と、おれはいった。「急にさしこみがきたといって、旦那様に介抱させた上、旅籠《はたご》までついてきて隣りの間に寝るのです。朝起きたら、旦那様の胴巻きはありません」

「何だそれは」

「女ごまのはいです」

「お前は少し黄表紙の読みすぎではないか」旦那様は苦笑し、女に声をかけた。「これこれ。お女中お女中。いかがなされた」

旦那様が肩に手をかけるなり、女は振りむいた。顔いちめんに厚く白粉《おしろい》を塗りたくり、紅を唇からはみ出すほどつけていた。眼尻《めじり》が吊《つ》っていて、眼球の黒眼の部分も吊っていた。

彼女はげらげら笑いながら、旦那様に抱きついてきた。

「色気ちがいです」気味悪さに、おれは顫《ふる》えあがった。「逃げましょう」

旦那様とおれは、顔色を変えて逃げた。女はしばらく、赤い口を大きく開き、なおも笑い続けながら、裾《すそ》ふり乱し、なまっ白い下腹部をまる出しにして追いかけてきたが、やがてあきらめて、街道をもとの方へ引き返していった。

「ああ。あの女は、この街道名物の気ちがいですよ」次の茶店で、親爺《おやじ》がそう教えてくれた。

「殿方が声をかけてくれるもんで、それが面白くてわざとああいう恰好《かっこう》をして、うずくまっているのです。もとはといえば、れっきとした武家のお嬢様。親御さんの仇討《あだう》ちに旅に出たところ、ちょうどあの場所で癪が起り、声をかけてきた若いお侍に、そのままそこで凌辱《りょうじょく》されてしまって、それから気がくるったのだそうです。気の毒なことです」

「身寄りはないのかね」と、おれは訊ねた。

「さあ。国もとにはあるんでしょうが、なにぶん気がくるっていますので、どこの誰だかわかりません」

身につまされ、おれは旦那様と顔を見あわせ、溜息《ためいき》をついた。おれたちもこれですでに三年、敵《かたき》を討つために日本中を歩きまわっていて、郷里へは帰っていないのである。

おれの旦那様は高瀬典輔というお侍で、おれは中間《ちゅうげん》として先代から高瀬家にご奉公していた。この高瀬家の先代の七郎左衛門様、つまり典輔様のお父様は播州《ばんしゅう》のさる藩の重臣だったが、ある晩、帰宅の途中で闇討ちにあい、斬り殺されてしまった。

じつをいうとその時、七郎左衛門様のお供をして提燈《ちょうちん》を持っていたのは、このおれだったのである。

その夜はまったく、これ以上闇討ちに都合のよさそうな夜はまたとなさそうなまっ暗な晩で、だからおれは先代様の少し前に立ち、お足もとを照らしながら歩いていた。お屋敷の近くまで戻ってきた時、これまた定石どおり横の天水桶《てんすいおけ》の陰から浪人風の男がぬっと出てきて、だしぬけに刀を抜き、おれの持っている提燈をばさっと切り落した。

なさけない話だが、その時おれはてっきり自分が斬られたものと思いこみ、早手まわしにぎゃっと叫ぶなり虚空つかんでのけぞって、仰向《あおむ》きにぶっ倒れてしまったのである。そのままながいこと失神していたらしく、気がついた時はすぐ横に、刀を抜く暇もなく袈裟《けさ》がけに斬りおろされた先代様の屍体《したい》があった。

大事の時に気絶していたというので、おれはあとでお屋敷の誰かれからさんざ怒鳴りつけられ、責められたが、これは見当ちがいもはなはだしい。もしあの時、かりにおれが気絶していなかったとしたら、騒いだり無駄な抵抗をしたりして斬り殺されていたかもしれないではないか。もしそうなっていたら、下手人の顔を見た唯一の目撃者さえいなくなってしまい、敵が誰だかわからない。よくぞ気絶していてくれたといって褒められて当然なのに、いやもう、武家奉公というのは融通のきかせようのない厄介なものである。

下手人というのは四、五日前からお屋敷の近所をうろうろしていた浪人者で、おれも二、三回見かけたことがあるから顔は知っていた。どうやら同じ藩中の誰かにやとわれて、よそからやってきた男であろうと、お屋敷の人たちは判断した。

ちょうど日本中が勤王か佐幕かでわきかえっていた頃である。先代様の藩中でも重臣たちは、勤王攘夷《じょうい》派、勤王開国派、佐幕攘夷派などにややこしく分れていた。先代様は勤王開国派だったのだが、世の大勢が勤王開国へ向かうとともに、藩でも先代様の勢力が強くなった。先代様を襲ったのが反対派の重臣の中の誰かの手先《てさき》であっただろうことは、おれにだって容易に想像できる。

さて、そこで先代様のひとり息子の典輔様が、お定まりの仇討に出かけることになった。目指すは下手人、名も知れぬその浪人者というわけだが、さあ、この辺がまたおれにはどうしても納得できない。その浪人者は要するに金で雇われた殺し屋であって、真の敵は藩の重臣中の誰かなのである。そんなやくざに近い浪人者なんか殺したって、どうということはないのにと思うのだが、先代様の奥方様がはなはだ頑固で気短か、どうでもその浪人者討ち果してまいれ、さもなければこの屋敷には一歩たりとて入れぬといって、しぶる典輔様をなかば追い出すようにして旅立たせた。もちろんこのおれも、敵の顔を見知っているからというので典輔様の供を命じられてしまった。

浪人者を殺しにいくについては、おれ同様典輔様もはじめから懐疑的だった。さすが男だけあって利口なのである。ところが利口な人はえてして臆病《おくびょう》であって、おれもどちらかといえばそうなのだが、典輔様もその例に洩《も》れず、武芸の腕はわりと確かなくせに殺しあいはいやというお人だ。そういう人だから運よく敵にめぐりあっても、返り討ちになる確率が非常に高い。だから余計仇討をいやがって、最初のうちはなんとか旅に出るまいとしておられた。

「仇討が褒められたのは昔のことです。最近では仇討を願い出れば、幕府は公儀御帳へ登録こそしてくれるものの、こういう時勢だから大っぴらに公認してくれるわけではありません。また、どの藩にしろ、今では仇討を届け出ても、激励どころか逆に永《なが》のお暇《いとま》が出るくらいです。それはそうでしょう。仇討という私事のために藩の仕事という公務を投げ出すのですから、決して藩のためにはなりません。それに今は新しい政府ができるかどうかというあわただしい時です。そんな時に自分の用事で旅に出たりするのは身勝手すぎると思います。わかってください母上。仇討はもう古いのです」

だが奥方様は、いかに典輔様がけんめいに説かれても頑として聞こうとはなさらず、そこが女の浅墓さ、はてはこの臆病者不孝者と罵倒《ばとう》して、とうとう無理やり藩へ仇討願いを届け出させてしまわれたのである。

藩庁ではこれを聞き届けたものの、典輔様の知行は、案の定、仇討成就まで藩において召しあげということになってしまった。

こうして典輔様とおれは、藩を立ち、東へ向かった。

「あれから世の中は、だいぶ変った」と、典輔様が茶を飲みながらいった。「なあ策助。さっきの気ちがい娘の話ではないが、われわれだとてこの調子では、一生郷里へ帰れないのではあるまいか」

「まあ、それは気の持ちようと考えようでございましょう。旦那様。このように時代の移り変りがはげしいのでは、むしろ逆に、たとえ敵を討たなくても、堂々と郷里へ帰ることができるような世の中になるかもしれません。また、帰ったところで、藩そのものがなくなっているかもしれません。この間、中外新聞《ちゅうがい》を見ましたら、長州《ちょうしゅう》の木戸孝允《きどこういん》という人が、三百諸侯の領地はすべて政府に還納せしめよと論じている記事が出ていました」

「いや、わしは藩などより母上の方がこわい。あの人は、世の中がどうあろうと、仇討して帰らなければ、ぜったいに家へは入れてくれないのだからな」

おれは旦那《だんな》様の意気地なさにあきれた。おれなどは、母親のいうことを聞いたことがないどころか、ぶんなぐったことさえ数回ある。母親に叱られるのがこわいなど、三十歳の男のいうことではない。

ひと月ばかり前、三条河原《さんじょうがわら》を通りかかると、近藤勇《こんどういさみ》の首が晒《さら》しものにしてあった。旦那様はそれを見ただけで腰の蝶番《ちょうつがい》がどうにかなって、しばらく歩けなくなってしまった。こういう人に仇討など、とてもできよう筈《はず》がない。

「もし。お武家様」茶店の奥で茶を飲んでいた猿まわしが、おれたちに声をかけてきた。「今のお話を、うしろでうかがっておりました。じつは私も、お武家様がた同様、敵を捜し歩いている者でございますが」

「ほう。猿まわしが仇討をするのか」旦那様は眼を丸くして、四十歳前後の、その気の弱そうな猿まわしを眺めた。

「いいえ、今でこそ猿まわしの恰好をしておりますが、もとはといえば私もれっきとした武士」彼は急に重おもしい口調になって、話しはじめた。「大和《やまと》のさる藩の小納戸《こなんど》役にて大津百之助と申す者です。思い返せば七年前、同藩の村雨七馬という男が、私の妻のさえに横恋慕《よこれんぼ》いたし、思いを遂げられぬと知るや逆上して、あろうことかあるまいことか妻を惨殺して逐電いたしました」

「ははあ。すると女房どのの仇討ちか」

「左様でございます」

「しかし」旦那様は首をかしげた。「仇討は主人、父兄、兄姉など目上の者の殺された場合にのみ許可されるのではなかったかな。また、女房どのは敵に身をまかせたわけではないのだから妻敵《めがたき》というわけでもない。仇討に出る必要はなかったのでは」

「はい。私も仇討などは大嫌いで、はじめのうちは出かける気はぜんぜんありませんでした。だいいち私は剣に自信がなく、斬りあい果しあいはやっても負けるに決っています。また、さえと申します女はとんでもない悪妻で、私はそれまで妻にいじめられ続けてきました。正直のところ、妻が殺されてほっとしたくらいです」

「それなら、なぜまた仇討の旅などに」

「悲しいかな私は養子の身」猿まわしはすすり泣きはじめた。「妻の親戚《しんせき》の者から、妻の仇も討てぬ臆病者よ甲斐性《かいしょう》なしよとののしられ、藩中の者からもいくじなしとうしろ指さされて、とうとうそれに耐えきれず、なかば追い立てられるように旅立ったのでございます。ああ、あの悪妻は、死んでまでこの私をいじめるのです」彼はわあわあ泣き出した。

「もし仇討本懐をとげましても、脱藩という形で出てきましたから帰参は許されず、復職の望みはありません。ああ、なんの因果で流れ者。若い身空で旅の空」身もだえた。

「あまり若くもなさそうだが」

「苦労して目尻《めじり》に皺《しわ》がふえたのです。こう見えても私はまだ三十四歳です」彼はそこで急にぴたりと泣きやみ、おれたちの方へ身をのり出した。「ところでお願いがございます。なんとかこの私を、あなたさまのお供に加えていただくわけにはまいりますまいか」

「それはまた、どうして」

「こう申しては失礼ですが、互いに力をあわせてそれぞれの敵を探し求め、万が一見つけた時は協力して互いに助太刀をしあうのです」

「ふん」旦那様は苦笑した。「そなた先ほど何と申した。斬りあい果しあいはやっても負けるに決っていると申したではないか。そんな男がいてはかえって足手まとい」

「まあ、お聞きください」猿まわしは背中の猿を指した。「私の飼い馴《な》らしましたこのエテ公。見かけはおとなしく、事実私にだけはよく馴れておるのでございますが、ひとたび私がウシと申してけしかけましたが最後の助たちまち暴力猿と早変りいたします。相手の顔へとびついて眼球をほじり出すよう、私が仕込んだのでございます」

「物騒な猿だな」

「嘘とお思いでしたら、このお供の方にけしかけてごらんにいれますが」

おれはびっくりしてとび退いた。

「なに。それには及ぶまい」と、旦那様がいった。

「もしどちらかの敵にめぐりあいました時は、まず私がこいつをけしかけます。敵がひるみますからその隙に、あなた様がお得意の居合抜きでばっさりと」

「まてまて。拙者の居合抜きをどこで見た」

「はい。先日、そこの黒石村の村祭りで」

おれたちが郷里を出た時には、旦那様の親類縁者から餞別《せんべつ》として貰《もら》った路用の金が百五十両あった。だがそんなものは一年もたたぬうちになくなってしまった。そこでおれたちは人の集まるところをえらんで渡り歩き、旦那様の居合抜きを見世物にして金を儲《もう》けていたのである。旦那様の居合抜きは名人芸だ。これほどの達人がどうして臆病なのか、おれにはどうしてもわからない。「ははあ。あれを見たか」旦那様はうなずいた。「居合抜きの腕はたしかだが、人間を斬るとなるとどうかわからぬ。拙者、人を斬るのは嫌いでな」

「さあ。そのようにひるむ心をお互いはげましあうためにも、共に力をあわせようではありませんか。また、こう申しては何でございますが、先日の村祭りでのお二方を拝見しておりましても、ご商売の腕の方はまだまだと存じます。失礼ですが、私がご一緒すれば、儲けは必ず倍になります。それに私の方でも、あなたのような堂々としたお武家様とご一緒ですと、道中こころ丈夫です」

「なるほど」旦那様は考えこんだ。

「旅は道づれ世は情といいます」おれも横から旦那様にいった。「この分ではいつ敵にめぐりあえることやらわかりません。それならいっそのこと同業の露天商同士、助けあいながら気楽に金儲けの旅を続けようではありませんか」

「うん。それもよいかもしれん」旦那様はしばらくくすくす笑い、やがて猿まわしにいった。

「よろしい。供に加えよう。いやいや。どうせお互い故郷へ戻れるかどうかもわからぬ身、今後ながく助けあって旅をするからには、拙者の方こそよろしく頼むぞ」旦那様は猿まわしに深ぶかと頭をさげた。

こうしておれたちの旅はその日から三人づれになった。東海道《とうかいどう》を江戸《えど》へ向かいながらも、美濃路《みのじ》、伊勢路《いせじ》などへも足を向け、祭礼があると聞けば東へ、市が立つという噂に西へといった具合で、ふらりふらりとさすらい歩いた。大道芸人としては大先輩の、猿まわしにあれこれ教えてもらったため、もともと名人芸だった旦那様の居合抜きはぐんと素人受けがするようになり、おれの口上もうまくなった。儲けは次第にふえ、以前のように食いはぐれるなどということは滅多になくなった。少々の貯《たくわ》えすらできたくらいである。

おれたちが東へ東へと旅を続けている間にも、世の中の動きは加速度的に早くなっていった。その年の五月には古い通貨の使用が禁止されて太政官札《だじょうかん》（金札）が発行され、七月には江戸が東京になり、九月には年号が明治《めいじ》と改元された。東海道の宿場宿場では「中外新聞」「江湖《こうこ》新聞」などが売られていて、それは激動する政治や戦争の模様を刻々と伝えていた。

翌年の中ごろからは、おれたちが大きな町へやってくるたびに、しばしばざんぎり頭の男を見かけるようになり、それは次第にふえはじめた。

「この分では、日本人すべてざんぎり頭にせよとの命令が、もうすぐお上《かみ》から出そうな按《あん》配《ばい》ですな」と、猿まわしがいった。

薩摩《さつま》、長州、土佐《とさ》、肥前《ひぜん》の四藩が版籍奉還を請願したのを皮切りに、他の諸藩が次つぎとこれにならったため、朝廷がついにすべての藩に対し版籍奉還を命じたのもこの頃である。

「藩そのものが、もうすぐなくなるな」と、旦那様がいった。

「暗殺も禁止されました。仇討をしなくても、郷里へ帰ることができるようになるかもしれません」と、おれもいった。

「いや」旦那様はかぶりを振った。「郷里へはあまり帰りたくないな。わしはこうして、世の中の動きを眺めながら旅をしている方が楽しくなってきた」

翌明治三年には平民に姓の呼称が許され、その翌明治四年、ついに断髪令が出た。おれも猿まわしもざんぎり頭になったが、旦那様だけは頑として髷《まげ》を押し通した。ざんぎり頭で居合抜きはできぬという理屈なのだが、この辺は母親ゆずりでなかなか頑固である。街道筋ではしばしば武士あがりの巡査から説諭を受けた。だが大道芸人の商売用の髷とあって、彼らも深くは咎《とが》めなかった。

ついに廃藩置県の断行された次の年の夏、おれたち三人は文明開化の最先端を行く横浜《よこはま》の町へやってきた。

見るものすべてがおれたちには珍らしかった。日本最初の理髪店、あそこ通るは乗合馬車か、西洋料理屋氷水、午砲《どん》が鳴ります港町、品川《しながわ》がよいの蒸気船、あれに見えるは共同便所、眼を丸くしながらあちこち見てあるき、最後におれたちは三月《みつき》前に開通したばかりという陸《おか》蒸気のステイションへやってきた。

「乗ってみよう」と、旦那《だんな》様が時刻表を見ながらいった。

横浜―品川間は午前と午後にそれぞれ三往復、午後の最初の便があと少しで出るところである。

「今からじゃ、次のには乗れませんよ。これをご覧なさい」猿まわしが『乗車之心得』と書いた貼札《はりふだ》を眺めていった。

『乗車せんと欲する者は、遅くとも此表示の時刻より十五分前にステイションに来り、切手買入其他の手都合を為《な》すべし』

旦那様が駅員にかけあってみたが、もう満席だから切手は売れないというそっ気ない返事である。

おれたちが乗車をあきらめかけた時、眼つきの悪い男がひとり、すいと傍へやってきて旦那様に声をかけた。

「お主たち、陸蒸気の切手をお求めかな」

「左様」

「拙者、これに三枚持参いたしておるが」もとは武士だったらしいその男は、もったいぶった手つきで懐中から下等席の切手を三枚出した。「一枚五十銭の料金ではあるが、拙者の買入れの手間賃共で六十銭ならお譲り申す」

「いただこう」

その男に三十銭儲けさせて、ちょうど停っている陸蒸気に乗りこもうとした時、駅員が猿まわしにいった。

「こらこら。そこの町人。貴公猿をつれて乗ってはならん」

「それは困ります」猿まわしはあわてて駅員に泣きついた。「これは私の大切な商売道具、つれて行かねばなりません。こやつの料金もお払いします。どうか乗せてやってください」

「それは困ったな」駅員は首をかしげた。「犬なら貨物車に乗せてやれるのだが」

「犬の料金はいくらでございます」

「二十五銭だ」

「では三十銭払おう」と、旦那様がいった。「犬も猿も似たようなものだ。乗せてやってくれ」

「しかたがないな。では、猿を貨物車に乗せろ」

猿を貨物車に乗せ、おれたちが下等席の車に乗りこんで最後部の座席に腰をおろすと、やがて陸蒸気は動き出した。これは品川までの所要時間がたった三十五分という猛スピィドなのである。空席もなくぎっしりと満員で、女子供の多い乗客は、窓の外を指さして大はしゃぎだ。

　車が走り出した直後から、前の方の座席を眺めてしきりに首をひねっていた猿まわしが、やがてさっと顔色を変え、うん間違いないと叫んで荷物の中から刀をとり出し、車の廊下をた、た、たと走ったかと思うと、最前部の座席に腰をおろしていた洋服姿の男に向かい刀をひっこ抜いて身構えた。

「やあ珍らしや村雨七馬。かくいう拙者は大津百之助。妻の仇を討たんとて雨にうたれ風にさらされ、ながの年月艱難辛苦《かんなんしんく》の甲斐《かい》あって盲亀《もうき》の浮木優曇華《うどんげ》の花が女か男が蝶《ちょう》か、どうすりゃいいのさ思案橋《しあんばし》、今日ただいまこのところ出会いしことこそ天のみちびき、いざ尋常に勝負勝負」

　名乗りあげ終るなり刀をふりあげ、自らひるむ心に鞭《むち》うたんとしてか、やあと絶叫するなりずらりんばらと切りおろした。

　だしぬけに車内で仇討が始まったものだから、胆《きも》をつぶしたのは乗客たちである。悲鳴をあげて座席に突伏す者、立ちあがり、逃げまどう者、その上女子供が泣き出したものだから、車の中はたちまち上を下への大さわぎになってしまった。

「うむ。ついに見つけたか」旦那様はうなずいて、気のり薄に座席から立ちあがった。

「約束だ。助太刀してやろう。策助まいれ」

　旦那様とおれが、うろたえ騒ぐ乗客をかきわけて車の最前部へ行くと、村雨七馬のいた座席の凭《もた》れは刀でまっぷたつに割れていた。

「おい。敵はどこだ」と、旦那様が猿まわしに訊《たず》ねた。

「七馬め。す早く窓から出て、前の車との連結用の機械を足がかりに、屋根へ逃げました」猿まわしが口惜《くや》しげに歯がみして叫んだ。「くそっ。エテ公さえいてくれたら、逃がしはしなかったものを」

「よし、追いかけよう」旦那様がのろのろと窓から身をのり出しながらいった。「屋根へ登ろう」

旦那様の次に猿まわし、そして最後におれが、連結機を足がかりにして屋根へよじ登り、敵はいずこと屋根の前後を見わたせば、村雨七馬は車の進行にさからって屋根から屋根へと身軽にとび移り、左右にひらけた田圃《たんぼ》の中を走る列車の最後尾へ向かってどんどん逃げ続けていた。

「追え」

猛スピイドの列車が右に左に揺れるため、ともすればカマボコ型の屋根からすべり落ちそうになる身を立てなおしたてなおし、おれたちも屋根から屋根へゆっくりと敵を追った。

「追いつめました」最後尾の車の屋根の端へ追いつめられ、窮鼠《きゅうそ》さながら充血した眼をぎらぎら光らせている敵を睨《にら》みつけ、助太刀ができて気が強くなった猿まわしが、舌なめずりをしながらそういった。「さあ。助太刀をお願いします」

「うむ」旦那様は少しためらった。「まあ、お前が負けそうになったら、横から助太刀してやる。お前、さきに斬れ」

「やっぱり、斬らねばなりませんか」猿まわしも躊躇《ちゅうちょ》した。

「そうとも」旦那様はうなずいた。「これはお前の仇討なのだぞ。郷里へ帰りたくないのか」

「はあ。それはむろん、帰れるに越したことはないので、それじゃまあ、しかたがありませんな」

猿まわしは抜き身を振りかざしたまま、そろりそろりと敵に近づきはじめた。

「拙者、刀を持っていない」と、村雨七馬が屋根の最後尾で背を丸め、がたがた顫《ふる》えながら泣き声を出した。

猿まわしが泣き顔で、おれたちの方を振りかえった。「困りました。この男、武器を持っておりません。これでは斬れません」

列車がカアヴにさしかかり、ぐらりと傾いた。

「わっ」

おれたちはいっせいに背をかがめた。

その時村雨七馬は、車の前方から走ってきたレイルぎわの松の木に、洋服姿の身軽さでひらりととび移り、太い枝にかじりついた。

あっと叫んで猿まわしは、屋根の上を最後尾まで数歩追ったものの、他に手ごろな木も見あたらないのでそれ以上は追えず、地だんだふみながらやあ卑怯《ひきょう》未練な村雨七馬、返せもどせと叫んだが、敵の姿は次第に小さくなっていくばかりである。

「ああ。またも逃がしたか」

猿まわしはがっかりして屋根の上にあぐらをかいた。その様子は、人を斬らずにすんで幾分ほっとしているようにも見受けられた。さっき座席の凭れを切りつけてしまったのも、一瞬気がひるんだか、さもなくば無意識的に狙いをはずしたのかもしれないとおれは思った。

列車の屋根で刃傷沙汰《にんじょうざた》が行なわれていることを誰かが機関手に教えたらしく、ほどなく車は田圃のまん中で停車した。

「今ごろ停ってもおそい」猿まわしが悲しげにそういった。

敵の姿は、もうとっくに見えなくなっていた。

おれたちが屋根からおりて、もとの車の座席まで戻ってくると、車掌が肩をいからせ眼を吊《つ》りあげてやってきた。

「お主ら、困るではないか」と、やはりもとは武士だったらしい車掌が唾《つば》をとばしてそう怒鳴った。

「列車の進行を妨害し、これを停車せしめたる者には懲役刑があたえられるということ、お主たち存じておるか」

「まあ、お待ちくだされ」旦那様がいった。「決して悪意あっての所業ではござらぬ。実は今のは仇討でござった」

「なに。仇討とな」車掌の態度が急にかわった。「それはそれは。いや、左様でござったか。知らぬこととは申せ、とんだ失礼をつかまつった。して、首尾よく本懐を遂げられたかな」

「残念ながら逃がしました」

「うーむそれは残念」車掌は自分のことのように口惜しがって見せた。

「では、このことは不問といたそう」さんざ口惜しがって見せてから、車掌はそういった。

「拙者、機関手に連絡の所用もござれば、これにてご免」

車がふたたび動き出した時、すぐ横の座席にいた洋服姿の若い男が、おれたちに声をかけてきた。「卒爾《そつじ》ながら、ちとお話をうけたまわりたい」

「お主はどなたかな」

「拙者、中外新聞の者にて平井三右衛門と申す新聞記者でござる。お主たちのことを記事にしたいので、いきさつを詳しくお教え願いたいのだが」

「では、わたしたちのことが新聞に出るのでございますか」猿まわしは急ににこにこ顔になり、背をしゃんとのばした。「では、有名になりますな」

「左様」記者は自信ありげにうなずいた。「と同時に、敵のことも載るわけで、それを読んだわが愛読者から敵の所在についての注進があるやも知れず、必ずやあなたがたのお役に立つことと存ずる」

猿まわしと旦那《だんな》様が喜んで、それぞれの敵のことと今までのいきさつを記者に語りはじめた。

それを横で聞きながら、おれにはなんとなくいやな予感がした。新聞の効用を信じていないわけではなかった。いや、むしろ、ある意味で旦那様や猿まわし以上に新聞の効果と限界を認識していたからこそ、おれたちが有名になることがどんな結果をもたらすか、そしてそれが良い結果になるか悪い結果になるか予想し難いところがあり、他の二人ほど手ばなしで喜ぶ気にはなれなかったのである。おれは得体の知れぬ不安に襲われたが、もちろん口には出さず、黙っていた。

「時おり、ここへ連絡をとって頂きたい」品川駅で別れる時、新聞記者は名刺を出していった。「郵便ならば全国どこからでも届くし、電信ならばもうすぐ神戸《こうべ》―東京間が開通いたす」

「左様か。では今後とも、よろしくお頼み申す」旦那様がだらしなく笑顔を見せて深ぶかと一礼した。目尻《めじり》をさげていた。こんななさけない旦那様を見るのは、おれははじめてである。

それから数日、おれたちは東京府中を浮きうきと見物して歩いた。

やがて貯《たくわ》えていた金も残り少なくなってきたので、そろそろ商売に戻るため、明日はふたたび東京を発《た》ち、今度は中仙道《なかせんどう》を西へ向かおうと話も決った日、おれたちは最後の名残りに新橋《しんばし》附近へ遊びにやってきた。

このあたりの道路は車道と人道とに区切られていた。即《すなわ》ち中央が車道、左右が人道である。

「どうだ。牛肉を食べては見ぬか」東京へ来て以来、見ちがえるほど軽薄になった旦那様が、西洋料理店を指してそういった。

「そうですな。当分東京へ来ることもありますまいから、ものは試し、ひとつ食べてみましょう」旦那様を上回る軽薄さで、猿まわしがそういった。

おれたちは一軒の西洋料理店に入り、ビイフ・ステイクを注文した。なかなか旨《うま》かった。最近肉食をしきりに悪くいう人間がいるが、あれは食わず嫌いだろうとおれは思った。今年の一月には天皇さえ肉食されたし、四月には僧侶《そうりょ》さえ肉食妻帯を許されているのである。

食べ終った頃、隣りのテイブルの年老いた女と若い女の二人づれが立ちあがり、こちらへやってきた。

婆さんの方が、旦那様に話しかけた。「もし。お武家様がた。はなはだ失礼ではございますが、もしや高瀬典輔様のご一行では」

「いかにも拙者高瀬典輔だが」旦那様は眼を丸くして、ふたりの女を眺めた。

「やはり左様でございましたか」ふたりはうれしそうに、深く一礼した。

女たちは旅姿だった。婆さんの方はがりがりに瘦《や》せ、色が黒く、眼だけは鋭く意地悪そうに光っていた。若い女の方は色白で、おっとりした物腰の、無邪気そうな丸顔の美人である。どちらも武家の女らしい。

婆さんがいった。「先日の新聞であなた様ご一行のことを知り、なんとか私どももお供に加えていただきたく存じまして、実は先程中外新聞社を訪ね、平井三右衛門様から詳しくご一行様のご様子などを伺って参ったばかりでございます」

「ははあ。あれを読まれたか」旦那様はにこにこしてうなずいた。「して、われわれの仲間に加えろと申されるのですな」

「はい。わたくし共も、あなた様がたご同様敵を訊《たず》ねて旅をしております者」婆さんが話し出した。「私は、奥州《おうしゅう》さる藩の徒目付《かちめつけ》をしておりました柴田源右衛門の後家で、きんと申します。また、ここにおりますこの者は、亡き源右衛門が一子政十郎の妻、ふくと申します。思い返せば三年前の今ごろ……」婆さんの長話が始まった。

簡単にいえば、きんのひとり息子でふくの夫政十郎が、藩中の佐久間半蔵という男に斬られて死んだというのである。諍《いさか》いの原因を訊ねても、きん婆さんはことばを濁して答えようとしなかった。

佐久間半蔵はそのまま行方をくらましてしまったため、きんとふくは後を追って仇討の旅に出た。もちろん仇討届を出したところで、復讐《ふくしゅう》を奨励する法律のない明治政府がこれを許可する筈《はず》はないので、無届けのまま出発したのである。

話を聞き終り、旦那様と猿まわしは露骨に迷惑そうな顔をした。無理もない。二人とも臆病《おくびょう》で気が小さく、自分たちの仇討さえできるかどうかわからないというのに、足腰の弱そうな女ふたりの助太刀まで面倒が見きれる筈はないのだ。

「さぞかし足手まといとは存じますが、何とぞなにとぞ、私どもの勝手なお願いを、お聞き届けくださいませ」一同の顔色を見てあわてたきん婆さんは、腰を折れるほど曲げてぺこぺこしはじめ、嫁をふり返って怒鳴りつけた。「これ。お前もお願いしないか」

　ふくは気のない様子で頭をさげ、つぶやくようにいった。「お願いいたします」

「しかし今ではわれわれは大道芸人、金儲《かねもう》けをしながら旅をしておる。そして儲けた金は平等に分けあっておる。そなたたちを仲間へ入れるとすれば、不公平のないようにそなたたちにも何かの芸をしてもらわなければならぬが、そなたたち、何ができるかな」

「あいにくの田舎育ち、人さまにお見せするような芸は何も心得ません。そのかわり、と申しましてはなんでございますが」婆さんは懐中から重そうな財布を出した。「ここに二十円金貨八枚、十円金貨が二十四枚入っております。これを皆様で路用にお使いいただけますならば、さいわいでございますが」

「ほほう」旦那様が唸《うな》った。「一円を一両として、四百両の大金ですな」

「もし不足いたしますれば、まだ多少は国もとからとり寄せることもできます。どうか、お供にお加えくださいませ」

「どうする」旦那様がおれと猿まわしに訊ねた。「芸のかわりに金子《きんす》を提供すると申されておる。それならば文句はないと思うが」

「わたしには異存はありません」と、猿まわしが若い方の後家を好色そうな眼でじろじろ眺めながらいった。

「旅は道づれといいます。賑《にぎ》やかな方がいいでしょう」と、おれもいった。

　こうして、きん婆さんとふくは、おれたちの一行に加わることになった。

翌日、おれたちは東京を発ち、板橋《いたばし》から中仙道へ入った。

女ふたりが加わって、旅は楽しくなった。しかも、ふくは若くて美人である。猿まわしなどはすっかり有頂天になり、しきりに彼女にモオションをかけた。ふくはおれたちの着物の綻《ほころ》びをこまめに繕ってくれたり、走り使いなどもいやがらずにやってくれた。旦那様もおれも、次第にふくの魅力にひかれはじめた。ふくに会うまで、おれは四年前にあった例の色きちがいの武家娘のことがしきりに思い出され、心にひっかかっていたのである。エキセントリックな女はなかなか忘れられないというのは本当だ。しかしふくの素直でおらかな人柄は、周囲の人間の心をなごやかにし、男なら誰でも彼女をかまってやらずにはいられない気持にした。おれも気ちがい娘のことを忘れた。

猿まわしが、きん婆さんのいないところでふくから聞き出したところによると、ふくの夫の政十郎という男はたいへん浮気者だったらしく、佐久間半蔵の女房と通じている現場を亭主に見つかり、そのために斬り殺されたのだという。それを聞いておれには、仇討にさほど熱意を示さぬふくの様子がやっとのみこめた。そんなふくが、姑《しゅうとめ》のきん婆さんには歯がゆいらしく、婆さんはことあるごとに嫁にがみがみとあたり散らしていた。おれたちがとりなしてやったりすると、余計腹を立てたりした。ふくの方でも、姑と二人きりの旅よりは、おれたちといっしょになってからの方が気楽になった筈だったが、これは何分ふくが感情を表にあらわさない上、無口なのでどうだかわからない。

中外新聞の平井三右衛門へは、旦那様が宿場宿場から近況報告や次の目的地などを書いて郵送した。次の宿場へ着くと新聞社からは必ず返事が来ていた。それによれば、読者からの反響は意外に大きく、記事になった敵の人相書を読んで、心あたりがあるといってきた報告も数十通あり、それらはいずれも信用するに足るものであるから、現在各地に記者を派遣して鋭意探索中であり、この分では三組とも年内に敵の所在が判明しそうだということだった。

また、おれたち同様、仇討のために旅を続けている日本全国各地の連中からは、おれたちの仲間に加えてほしいのでなんとか連絡をつけてほしいという頼みが新聞社に殺到しているとも書いてあった。

「仲間がふえそうだぞ」と、旦那《だんな》様がいった。

「いいじゃありませんか」と、猿まわしがいった。「助太刀がふえればふえるほど、こちらは仇討がやりやすくなるのですからね」

「それだけならいいが」おれは首をかしげた。「なんだかいやな予感がするよ。おれには」

だが、誰もおれのいうことを気にとめようとはしなかった。

そのうちに、新聞社でおれたちの所在を聞き、あとを追いかけてきた仇討志願者が次つぎとおれたちの前にあらわれはじめた。

最初は親の敵を探し求めている若い男で、おどろいたことにこの男は同じ側の片手と片足がなく、とぶようにして歩いていた。話を聞くと彼は敵にはすでに一度出会っていて、勝負を挑んだのだが負けてしまい、その時に片手片足を斬られたのだということだった。

こうなればもう執念であろう。片手片足でとび歩く姿はなんとも珍妙そのものだが笑うことはできず、しかも本人は白皙《はくせき》の美男子であって真面目な顔をして歩くからよけいおかしい。おれたちはこの男も仲間に入れた。この男は乞食《こじき》をして金を儲けていた。あきれたことにこの男の収入は、おれたちの倍以上あった。

その次にやってきたのは、父と兄の仇を討つため郷里を旅立ったのがおどろくなかれ文《ぶん》化《か》十年、即《すなわ》ち六十年前という八十歳の男である。もっとも、仇討ができないと郷里へ帰れないので、一生敵を訊ね旅して歩き、最後には野たれ死にをしたというのが九割もいるそうだから、それほど驚くことはないのかもしれない。この老人は易者をやって生活していた。同じ露天商だというので、おれたちはこの老人も仲間に入れた。

と、いった具合で、おれたちの仲間はどんどん増え、しまいには二十数人になった。おれたちは一種の原始共産制をとり、儲けはぜんぶ共通の財産ということにし、そのかわり仇討の際は必ず助太刀すること、自分の仇討が終って後も、他人の助太刀を最低一回やるまでは行動を共にすること、返り討ちにあった仲間は見殺しにせず、必ず敵を討ち取ってやることなどを全員に誓わせた。人数がひとり増えるたびに、似顔絵入りで新聞に掲載されたため、おれたち一行のことは中仙道でも有名になっていて、お蔭《かげ》でどこへ行っても歓迎され、商売をやれば大勢の見物客が押しかけ、金はどんどん儲かった。「高瀬典輔とその仇討一座」という幟《のぼり》を立てようなどといい出すものもいた。

その年――明治五年は十二月二日で終った。それまでの陰暦が太陽暦に改められたため、明治五年十二月三日が、明治六年の一月一日になったのである。おれたち一行が正月を迎えたのは、中仙道と東海道が合流する草津《くさつ》の宿だった。

元日、おれたち全員が旅籠《はたご》の広間に揃って屠蘇《とそ》を祝っていると、珍らしく東京から中外新聞の平井三右衛門がやってきた。

「吉報でござる」と、彼は一同の顔を見まわしながら、眼を輝やかせて報告した。「あなたがたの敵の所在がすべて判明いたしました。いや、判明というよりは、敵の方から連絡してきた」

「なんと」旦那様が眼を丸くした。「それはなぜだ」

「敵の方でも、あなたがたの記事を読み、そんなに大勢で助太刀されてはかなわぬというので、力をあわせることにしたそうだ」

「では、あっちでも徒党を組んでいるのですか」猿まわしが悲鳴まじりに叫んだ。

「怪《け》しからん。徒党を組むことは先年禁止された筈」自分たちのことを棚にあげて、旦那様もそう叫んだ。「して、その中には拙者の父を斬った浪人もいるのか」

「この写真をご覧いただきたい」三右衛門は懐中から一枚の写真を出し、一同に見せた。「これは敵全員が横浜に集合し、下岡蓮杖《しもおかれんじょう》の写真館で撮影して社へ送ってきたものだ」

「あっ。これはたしかに、あの時の浪人者」おれはひとりを指して叫んだ。「旦那様。この男です。まちがいありません」

「それは三好彦三郎という男で、今は東京で巡査をしておる」と、三右衛門が横から説明した。

「おお。ここにいるこの男こそ、たしかに敵の佐久間半蔵」と、きん婆さんが叫んだ。

「ああ。その男は今、横浜で瓦斯《ガス》会社に勤めておる」

「うぬ。ここにいたぞ村雨七馬」と、猿まわしが叫んだ。

「洋服屋じゃ」

全員が写真の中にそれぞれの敵を確認し終えたので、三右衛門はまた全員をゆっくり眺めまわした。「さて、敵の一団がわが社に申し入れてきた案をお知らせする。互いに助太刀は自由、日時、場所の決定はわが社に一任し、合同仇討を一挙にやってはどうかというのだ。早急に結着をつけたいそうだ」

一同が、いっせいにがやがや喋《しゃべ》り出した。

「それでは助太刀しあうことができぬ」旦那様が苦い顔でいった。「それぞれの敵と一騎打ちするのと、さして変らぬではないか」

「むしろ戦争です」猿まわしが半泣きで叫んだ。「奴ら卑怯《ひきょう》にも、多人数を頼んで一挙にわれわれを返り討ちにしようとたくらんでいるのです」

「何を申される」と、三右衛門が猿まわしを睨《にら》みつけた。「条件は双方とも同じの筈《はず》。むしろ多勢でひとりの敵を討つことこそ卑怯ではないか」

全員が黙りこんだ。

「臆《おく》されたかご一同」三右衛門が怒鳴った。「金儲《かねもう》けが面白くなり、初志を失われたな。

今さら仇討は厭《いや》などとはいわせませんぞ。なんのためにわが社がこれだけ協力し、ご一同のために尽したと思われる。すべてご一同に本懐を遂げさせたかったからではないか。もしここで敵の申し出を断られるようなら、拙者ご一同のことを筆を尽して紙上で罵倒《ばとう》し、ご一同のいずれもが世間を歩けぬまでにして参らせる。それでもよろしいかな」

「そんなことをされては、今後、商売あがったりだ」と、片手片足がいった。「どうせのことなら、たとえ返り討ちになろうと、果しあいをした方が名だけは残る」

「そうじゃ」と、老易者もいった。「こうなれば、われわれの言動は全国から注視されておる。われわれは有名人じゃ。卑怯に振舞うと一生肩身のせまい思いをしなければならぬ。それならばいっそのこと、あたって砕けた方がよいじゃろ」

「よし。決った」と、旦那様がしぶしぶ答えた。「敵の申し出を受けよう。日時、場所は平井氏におまかせしよう」

「よろしい」三右衛門はにやりと笑った。「念のため申し添えておくが、この合同仇討の件は果しあい当日まで他言無用に願いたい。取材をわが中外新聞で独占したいのでな」

それが狙いだったのか――おれは腹の中で舌打ちした――敵に徒党を組ませたのも、この男の仕業にちがいない。果しあいを派手にして報道効果をあげるためだ――。

「では、日時、場所は追ってお伝えする。それまでは所在を明確にしておいていただきたい」そして三右衛門は東京へ帰っていってしまった。

それまで比較的陽気だったおれたちは、以後、すっかりしょげかえってしまった。最初本気で仇討するつもりだった者も、おれたちの仲間に入ると、金儲けの面白さや家族的な集団生活の楽しさがすっかり気に入ってしまい、仇討などどうでもよくなってしまっていたのである。しかし事情がこうなってきてはもはや集団生活どころではない。返り討ちにならずにそれぞれの敵をどうやって討ち果すかの方策を立てなければならない。今さらのように旅籠の裏庭で刀を振りまわしはじめる者もいた。旦那様は一日中酒を飲み続けていた。やけくそになった猿まわしは、深夜ふくの部屋へ夜這《よば》いに行き、きん婆さんに薙刀《なぎなた》の柄でぶん殴られたりしていた。

やがて中外新聞から通知がきた。果しあいは一か月ののち、場所は、以前おれたちが気ちがい娘に追いかけられたあの街道の、茶店の裏山の峠に決定したということだった。おれたちはさっそく、いっせいに草津を発《た》って東へ向かった。返り討ちになる可能性の多い者ばかりだから、こういう時もしぜん徒党を組み、互いの心細さを慰さめあいながら歩かずにはいられないらしく、今までとはうってかわった陰気な道中だった。

猿まわしとふくは、この道中で急速に接近した様子だった。追いつめられた者同士の孤独な魂があい寄ったというわけだろう。きん婆さんがいらいらしていたが、今となってはふくも、姑《しゅうとめ》に構ってばかりいなかった。

そして数日後、おれたちは峠の近くの宿につき、全員同じ旅籠に泊った。

またたく間に仇討の日は迫り、敵の一団よりひと足早く平井三右衛門が、こまごましたことを打ちあわせるために旅籠へやってきた。敵の一団は、峠をはさんだひとつ先の宿に泊るということだった。三右衛門は挿絵の絵師や写真師までつれてきていた。

さて、いよいよ中外新聞社主催・合同仇討大会の当日になった。果しあいは早朝の五時からである。おれたちは四時に起きて身ごしらえすると、それぞれの武器を手にして旅籠を出発した。おれだけは紺看板に梵天帯《ぼんてん》、木刀一本という軽装である。中間には帯刀は許されないし、おれはあくまでも証人にすぎないのだ。

外はまだ暗くて、星が出ていた。二月の寒気の中を、おれたちはおし黙ったまま果しあいの場へと歩を進めた。

以前の茶店までくると、夜だというのに提燈《ちょうちん》があかあかと点《とも》り、親爺《おやじ》が酒や茶などを用意して待っていた。三右衛門の手配で、ここの店さきにずらり勢揃いして待機していた町の名士の娘たちが、打ちあわせどおり自分たちの赤い腰紐《こしひも》をほどいて、おれたちに襷《たすき》がけをしてくれた。その光景を絵師が写生した。どうせ新聞には、でたらめなでっちあげ記事が載るのだろう。

果しあい現場の峠道は、片方が崖《がけ》、片方が熊笹《くまざさ》の茂みになっていて、おれを除く全員がこの茂みの中に身をひそめた。ではおれは何をやらされるかというと、麓《ふもと》の茶店を見おろす崖っぷちに立っていて、敵の一行がやってくるのを発見したら、小唄《こうた》をうたいながら、あわてずゆっくりと皆のいる場所まで引き返すのである。荒木又右衛門《あらきまたえもん》の故事にならった演出らしいが、なんのためにこんなことをする必要があるのか、さっぱりわからない。

崖っぷちは風あたりが強く、頬の肉が固まってしまい、歯ががちがちと鳴った。

やがて茶店に到着する敵の一行が見えた。人を殺害し、敵として狙われるだけのことはあって二十数名いずれも凶暴そうな奴ばかり。それにひきかえこちらの方は、臆病《おくびよう》者に女に老人プラス身体障害者、とても勝ちめはなさそうだ。

敵の一党が茶店を出てこちらへ向かったので、おれはくるりと向きを変え、がたがた顫《ふる》える足をふんばり、ゆっくりと歩き出した。恐怖のため、舌がもつれて小唄がうたえない。あたりは静かで、茂みの中の湿地でげこげこ鳴く蛙の声だけがはっきり聞こえていた。

「旦那《だんな》様。き、き、きました」茂みまであと数歩の距離に近づいた時、おれは矢も楯《たて》もたまらずそう叫び、頭から熊笹の中へとびこんだ。「つ、強そうな奴ばかりです」

「しっ。静かにしろ」旦那様が小声で叫び、一同をふりかえって低くいった。「かたがた見苦しい振舞いはなさらぬよう。よいな」

全員が、声なくうなずいた。

敵の一行は、虚勢をはってか、大股《おおまた》でどんどんこっちへ近づいてきた。

「それっ」

旦那様の掛声で、全員ばらばらと茂みからとび出し、敵の行手を塞《ふさ》いだ。

静かだった峠道は、たちまち名乗りをあげるうわずった声で満ちみちた。全員いっせいにわめき出したものだから何をいってるのかぜんぜんわからず、ただもう盲亀《もうき》の浮木と優《う》曇華《どんげ》の花の大安売り、中には自分の相手を捜してうろうろしながら名乗りをあげている者もあり、殺気さえなければ集団見合とたいして変らぬありさま、この大騒ぎに加えてさらには平井三右衛門がメモ用紙と筆立て片手に取材しながら立会人は拙者平井三右衛門、かたがたご存分にと連呼して走りまわれば、身構えて向きあったところを、そのままそのまとレンズを向けた写真師に命じられ二十分間凝固する者、そこへ新聞社で雇っていたらしい和洋混成軍楽隊がだしぬけに茂みの中から立ちあがり山鹿《やまが》流陣太鼓のリズムにあわせてぶかぶかどんどんマアチの演奏、麓からは山頂めがけて景気づけの花火どどんぱんぱん打ちあげられ、いやが上にも興奮を盛りあげ大スペクタクルを展開させずにおかぬぞというこれぞマス・コミュニケイションは疑似《ぎじ》イベントのいやらしくも残酷な胸算用、この演出に踊らされ、今まで尻込《しりご》みしていた一同、顔つきあわせた軍鶏《しやも》さながら次第に毛を立て眼を血走らせ、闘志むきだし歯を剝《む》き出して、薙刀かまえ刀抜き、いよいよ立ちまわりが始まった。

おれはこの有様を眺めながら、熊笹の中でふるえていた。本来ならば木刀を構えて旦那様の横に立ち、敵の注意をそらす役を勤めなければならないのだが、こんな混戦になってしまったのでは誰に斬られるかわかったものではない。未明のこととて下手をすれば同志討ちの可能性さえあるのだ。

旦那様は敵三好彦三郎と互いに名乗りをあげ終り、睨みあいのまっ最中。どちらも手を先に出そうとせず、ぜいぜい荒い息をついているばかりだ。

一方ではウシといって猿まわしのけしかけた暴力エテ公、人間が多すぎて肝心の村雨七馬にはとびつかず、敵味方の見さかいなく、あたりにいる誰かれの顔に順にとびついていったものだからたちまち眼玉のない奴続出、このエテ公に気をとられすぎたため猿まわしは、村雨七馬からばっさり袈裟《けさ》がけに斬りおろされて哀れ返り討ちになってしまった。「あれ。百之助さま」姑と共に、夫の敵佐久間半蔵に対していたふくは、猿まわしが倒れたのを見るや薙刀投げ捨てて駈《か》け寄り、死体に抱きついてよよと泣き崩れた。

怒ったのはきん婆さんである。「おのれここな尻軽女め。主人の敵をほったらかして情夫と抱きあうとは武士の後家にあらざる振舞い。かくなる上は亡き息子にかわりわしが成敗してくれるぞ」叫ぶなり薙刀振りおろし、嫁の首を胴体から斬りはなしてしまった。

これを見て激怒した旦那様が、自慢の早業で三好彦三郎を一刀のもとに胴切りにしてしまい、きん婆さんに駈け寄るが早いかこの糞婆《くそばば》あと絶叫して、ずばり真っ向唐竹《からたけ》割り、婆さんを半身に開いた。

一時間も経たぬうち、峠は酸鼻《さんび》をきわめた有様となった。生き残っているほんの数人のうちでさえ、五体満足なものはひとりもなく、平井三右衛門までがとばっちりを受けて両足を失い、ぶっ倒れていた。片手片足の二枚目乞食《こじき》は槍《やり》で背中を地べたに縫いつけられたまま、標本箱の中で虫ピンに刺され、まだ死に切れずにいる昆虫さながら、ひくひく動いている。老易者の白髪首が恨めしげに夜空を見あげている傍らでは、満身創痍《まんしんそうい》の旦那様がころがったまま虫の息だ。

全員が倒れ、立っている者がひとりもいなくなったので、おれはゆっくりと茂みから這《は》い出し、茫然《ぼうぜん》としてこの血の池地獄を眺め、その中に佇《たたず》んだ。どうしていいかわからなかった。いつまでも佇んでいた。

やがて麓から馬に乗った巡査がひとり、峠道を駈けのぼってきた。

「しまった。遅かったか」彼は馬上からあたりを眺めまわし、唇を嚙《か》んでそういった。

「遅かったとは、何が」おれはぼんやりと彼を見あげ、のろのろと訊《たず》ねた。

「今日、政府は全国に仇討禁止令を出したのだ」彼はおれにそういって、また周囲を見まわした。「しかし、これはひどい。ひどすぎる」彼は急に馬上でしゃんと胸をはり、自分に言い聞かせるかのようにうなずいた。「こんなひどいことはもう、やめなければならん。そうだ。もう二度と、こんなことは、やってはならん」

その時、東の山から太陽が顔を出し、峠の惨状をはっきりと、くまなく照らし出した。

「見ろ」と、巡査が太陽を指さし、おれにいった。「新しい日本の夜明けだ」

おれも太陽を眺め、首を傾げた。「はて。ほんとうにそうかねえ」

時に明治六年二月七日の朝であった。

断末魔酔狂地獄

今年九十六歳になる婆さんのヌードを軽井沢《かるいざわ》まで行って撮影し、夕方カメラマンの花藤と社へ戻ってきた。

「おい」と、編集長が声をかけた。「武石君、『今週の茶のみメイト』のグラビア写真、まだかね」

「それも今日、撮ってきました」と、おれは答えた。「それから軽井沢へ行き、見開きの立体カラー・ヌードを撮影したんです」

「うまく撮れたかね」

「軽井沢の方は成功です」と、花藤が横からいった。「いい婆さんでした。子供は四人生んだそうで腹の皮のたるみ具合がなんともいえず、盲腸の手術の痕《あと》もはっきりしていて、あれだと爺《じい》さんでなくてもぐっときます」

「茶のみメイトの方はどうだった。たしか、長原鉄子だったな」

長原鉄子というのは若い頃、艶歌《えんか》調の歌謡曲をうたっていた美人歌手で、今はもう百二十一歳、亭主に死なれ下町の荒物屋の二階に間借りしてひっそりと暮している。

「こっちは駄目でした。やはり昔タレントだった婆さんはよくないですよ」と、おれは答えた。

「ドーラン焼けで色はまっ黒け、表情が豊かだったから皺《しわ》だらけでした」

「そうかあ。若い頃の写真を見て、これならいけると思ったんだが」編集長は眉《まゆ》を曇らせた。

「やっぱりしろうとの方がいいかな」

「そういえば『老人パンチ』の方では『今週のプレイ婆さん』にしろうとを使っています」と、おれはいった。「評判もいいようですよ」

『老人パンチ』というのは、おれたちの『プレイ・オールド』の競争誌である。どちらも男性老人週刊誌で、発行部数もそれぞれ百万前後、同種の週刊誌の中ではトップの地位を争っているのだ。もちろんこの他にも、女性週刊誌としては『老婆自身』『オールド・レディ』など、たくさんある。

「次の『昭和百年記念号』から、しろうとに切り替えよう」編集長はうなずいた。

「特集『予科練』のゲラが出ました」と、いちばん若い編集部員がいった。若いといっても、すでに四十七歳である。「いちど、目を通しておいてください」

「読んでおこう」と、編集長はゲラ刷りを見ながらいった。「何か、かわったニュースはないか」

「プレイ婆さんの渡辺早会子が、今日の昼過ぎに死にました」と、彼は報告した。「今夜、お通夜が彼女の家であるはずです」

「また、お通夜か」編集長はしぶい顔をした。「お通夜記事ばかりになってしまうな」

「でも、お通夜があちこちであればこそ、われわれはネタに困らなくてすむのですよ」と隣りのデスクから副編集長が笑いながらいった。「年寄りの誰かが死ぬと、彼あるいは彼女の生涯という特集が組める。昔、本人と関係のあった連中をずらり並べることができるし、中には自分もそうだと名乗り出てくる人物もいたりしてまことに面白い。また読者も喜びます」

「そういえば渡辺早会子には愛人が多かったな」編集長はうなずいた。「お通夜にはきっと、彼女と関係のあったプレイ爺さんがわんさと集まるだろう。面白くなるかもしれん」彼はおれと花藤にいった。「君たち、すまんがこれから取材に行ってくれ。香典は社内規定どおりの額を会計でもらってくれ」

「わかりました。行ってきます」

おれと花藤はまた会社を出、タクシーで郊外の渡辺早会子の家に向かった。

渡辺早会子というのは七十年ほど昔——つまりおれが生まれて間もない頃、美人の女流作家として文壇へはなやかにデビューし、それ以来ずっと今日までマスコミ界のだれかれと浮名を流し続けてきたプレイ・ガールである。浮気の相手は男性だけではなく、彼女自身レズビアンだと自称していたくらいだから女性との交わりも多かった。晩年、まるで双生児のようによく似た妹の、これはモード・デザイナーだった早実子とふたりで郊外の家に引っこんでからもその浮気ごころは抜けず、新進のプレイ、いや、いや、いや、いや爺さんたちを呼んで乱交パーティを開いたり、昔の愛人とよりを戻したり、とかく噂の種をマスコミにまきちらしていた。だが彼女も百三歳、寄る年なみには勝てず、ついに昇天したのだ。

「死因は何だったのかな。老衰かな」

「ああ、それを聞かなかったな。しかしおれが二週間前に会った時は、まだぴんぴんしてたぞ」と、おれは花藤に答えた。

「とすると、睡眠薬の飲みすぎか、心臓麻痺《まひ》だろう。今じゃ百三十歳以前に老衰で死ぬやつはほとんどいない。最近百歳前後のプレイ老人がよく死ぬが、あれはたいてい無茶な遊びをやった末の心臓麻痺だからな」

　老人医学の発達が、女性の平均寿命を百六十歳、男性のそれを百四十五歳にまで延長してしまったため、数十年前から老人の数がやたらに増えはじめた。これには臓器移植外科の進歩もひと役かんでいた。老廃した臓器なら大小脳、肝臓、生殖器などを除くその他のほとんどすべての器官を、人間のそれはいうに及ばず犬、猫、猿、豚などの健康で丈夫な器官、さらには人工の臓器などと取り替えることが日常茶飯事になってしまったためである。

　ただ、出生率の方も何十年か前からの受胎調節の大流行が原因で減少の一途をたどっていたため、人口そのものはそれほど増えなかった。しかし老人人口だけは年を追ってうなぎ上りに増加し、定年制度の多少の改廃ものの役に立たず、巷《ちまた》には若者と何ら変るところのない頑強な肉体をひっさげた職のない老人があふれ出した。

　だいたい昔から老人というものの代表的タイプにはふた通りあった。からだがいうことをきかぬ癖に気だけは強く、若い者に負けまいとして口やかましくなるタイプと、その逆に、からだはしっかりしているがぼけてしまって無茶苦茶なことをいったりしたりするタイプである。ところが現代では身体医学と精神医学のアンバランスが災いして前者がいなくなり、後者ばかりになってしまったから大変なことになった。しかも悪いことにはこの連中、つまり百歳前後の老人というものはその青年期壮年期を例の昭和元禄《げんろく》といわれていたハレンチ時代、サイケ時代に過してきた連中であって人生の風雪に耐え抜いてきた老いの気骨、老境の枯淡などどこを探してもあるべきはずなく、その軽薄さ無責任ぶりはあきれるばかり、無軌道な若者をたしなめたりするどころか自ら先頭に立って世の良風美俗に反抗し、パーティを開いて乱交はいうに及ばず町なかで裸になる奴、酔っぱらって女と見れば老若問わず抱きつく奴、喧嘩《けんか》する奴、反吐《へど》をはく奴、あたりかまわず大小便を垂れ流す奴、家出して都心を徘徊《はいかい》し文字通りのフーテン老人になる奴から、はては徒党を組んで交番に押し入り若い警官を袋叩《ふくろだた》き、ついにはあろうことかあるまいことか曽孫《ひまご》のような美少女を輪姦《りんかん》したり銀行ギャングとなって拳銃《けんじゅう》を乱射したりする非行老人グループまで出現したから政府は大あわて。おどろいて老人対策を立てようとしたものの、例によってもはや手おくれである。老人の職場を斡旋《あっせん》する事業に予算を注ぎこんだが、これは数年前からの好景気もあって遊んで暮せる老人が多く、また金のない老人たちも昔からの身勝手が身についてしまっていて仕事をいやがり生活保護を受けたがってあべこべに『老人に仕事をやらせるなどもってのほか。もっとわれわれの面倒を見ろ』『老人をいたわれ。われわれの遊べる場所を作れ』『年金をよこせ』などとデモをやる始末。

一方、いつの時代にも目はしのきくマスコミが老人たちの欲求不満に便乗しないはずはない。最初テレビに登場した『お婆さん千一夜』が三〇パーセント台の好視聴率を占めるやたちまちどこの局でもゴールデン・アワーを老人番組に切り替えて『三匹の老人』『老人文学館』『老人ガードマン』などのドラマをやればこれまた爆発的な好評。『なつかしのゴーゴー』で、今はお爺ちゃんになったかつてのグループ・サウンズが競演したのをきっかけに、老人の有名タレントもリバイバル新人とりまぜてぞくぞく登場、隠退していた老人の文化人たちも狩り出されて昔以上の社会的発言力を持つようになり、ついに世は老人文化の花ざかりとなった。

テレビからひと足おくれ、出版マスコミも老人ブームになった。軽薄老人たちは争ってスキャンダルをまき起し、ニュースのネタとなり、有名爺さん有名婆さんみな裸になってグラビアに老醜を飾り、エロ小説を書いては発禁になり、性懲りもなくまだ書き、若い作家たちまでが老人におもねる作品を書いて賞などとり、若い女性タレントなども有名老人との交際が記事や写真になって載ると喜んだりした。

町には老人向けのスナックや昔なつかしアングラ劇場、サイケ・バーなどもできた。地下の薄暗いゴーゴー喫茶などにはえたいの知れぬ老人たちが集まり、旧式の白黒テレビを見たりジューク・ボックスという昔のオーディオ演奏を聞いたりしていて、こういう所へ若い者が入っていっても爺さん婆さんたちからじろり白い眼で睨《にら》まれ、こそこそ逃げ出さなければならない。
「もともと若者のものであったスナックや喫茶店を老人に占領されていていいのか」と叫ぶ若者がいたり、「近所のマンションの地下で深夜老人たちが騒ぎ、前の道路では昔のオートバイで競走したりして夜も眠れません」などという苦情が出たりしたが、老人たちは何度取り締りに引っかかろうと平気の平左、「若いもんに、おれたちの気持がわかってたまるものか」とあべこべに食ってかかれば係官も、相手が聞きわけのない老人とあってただ閉口するばかり。

平均年齢が老けているから、若い連中といったところで多くは四十五歳前後、おれたち週刊誌の編集者にしても六十歳前後なのだが整形美容術や若返り医学が発達しているからみんな若く見える。たとえばおれなどは七十二歳で編集者の中では年寄りの部類に入るのだが、数十年前なら三十過ぎ位に見られていただろう。七十歳を越すと普通は中年と呼ばれるのだが、おれはまだ青年のつもりでいる。いつも取材に行く有名老人連などから見れば、おれなどまだチンピラだろう。

最近は郊外にさえ少なくなった樹木の茂る道を抜け、おれたちの車は渡辺早会子の大きな家に着いた。玄関で案内を乞《こ》うと三十二、三の小娘が出てきて、八畳敷きの広間へ通された。この広間のさらに奥が六畳敷きの仏間になっていて、正面には白木の棺桶《かんおけ》が安置されている。すでに十数人の爺《じい》さん婆さんが両の間いっぱいにひろがり、酒を飲みはじめていた。すでに酔っぱらっている爺さんもいた。生前の渡辺早会子とのラブ・ロマンスでマスコミを賑《にぎ》わしたことのある有名老人がずらり揃っていて、もちろんいずれも、おれの知った顔ばかりである。

おれと花藤は焼香をすませ、一座の仲間入りをした。

「わしと早会子とは、何人かのグループといっしょによく新宿《しんじゅく》で飲みあかし、場所かまわずにごろ寝して乱交したもんじゃ。そう、あれはちょうど、東京オリンピックが開かれた年じゃった」若い頃からプレイ・ボーイとして名を売っていた混血タレントのディック・深野爺さんが、目やにだらけの両眼に涙を浮かべて回想した。「あの頃はよかったなあ」

「おや。聞き捨てならないわね」早会子との同性愛の噂で昔から有名だった歌手の椎名まゆみ婆さんが、入れ歯を動かしながら膝《ひざ》を前に進めた。「あの頃あんたはわたしと同棲《どうせい》してたはずだよ。するとお前さん、浮気してたんだね」

「みんな死んでいくなあ。友人が次つぎとくたばっていきおるわ」九十九歳の人気司会者及川健介が、盃《さかずき》の中へ涙を落しながら上体をふらふらと前後させて詠嘆した。「わしの名刺整理箱の『友人』欄の名刺がだんだん減っていきおる。最近は『友人』欄の次に『死人』欄を作ったが、ほとんどの名刺がそこへ入ってしまいおった。いまにあの整理箱は『死人』欄だけになるぞ」

「わたしゃ、死にたくないよ」昔、フーテンの女王といわれていた遠藤洋子婆さんが、煮しめの上へはらはらと落涙し、水洟《みずっぱな》を落していった。「死ぬのはいやだよ。わたしゃ、死ぬのがこわいよ」

「なあに。そのうちに頭がぼけてきて、死んどるのか生きとるのか自分でもわからんようになるぞ」と、無頼派作家の児山敬吉爺さんが、トレード・マークの黒メガネを光らせていった。

「わしなどは、今でもそうじゃ。若い頃は夜眼がさめて死ぬことを考えると恐ろしかったが、今は若い女の腹の上で、いったいぜんたい自分が生きて腰を使うとるのか死んでぜいぜいあえいどるのか、よくわからぬようになることがある。死んだ夢を見て眼をさました時など、一日中死んだ気でいることがあってのう」

「南無阿弥陀仏《なむあみだぶつ》、南無阿弥陀仏」と、遠藤洋子婆さんがいった。

「わしが早会子にはじめて会ったのは、あれはちょうど大阪で万国博が開かれていた頃じゃ」サイケデリック画家で、ヌード写真を撮られるのが好きな高尾侑則爺さんがいった。

「その時早会子は、妹の早実子といっしょじゃった。ふたりとも両方の眼の下にホクロがあったので、姉妹とはいいながらよくここまで似たものと、わしゃ感心した。その晩はふたりを両腕に抱いて寝た。ステレオを抱いとるみたいじゃった」

「ホクロがあったのは、ほんとは妹のサミーだけですよ」と、椎名まゆみ婆さんが入れ歯を出したり引っこめたりしながらいった。「早会子は妹に似せるため、ずっとつけボクロをしていたんですよ」

「そういえば、サミーの姿が見えぬ。どうしたのじゃ」と、及川健介が訊《たず》ねた。

「二階の寝室で寝てましたよ」と、椎名まゆみが答えた。「看病疲れでしょう」

しばらく腕を組んで何ごとか考え続けていたディック・深野が、ふと顔をあげた。「早会子は、最近もそのつけボクロをしておったかね」

「いいえ。最近はしていませんでした」と、椎名まゆみは答えた。

「それはおかしい」ディック・深野は、ぎくと身を凝固させた。「さっき、われわれで運んで棺桶の中へ入れたあの屍体《したい》には、たしか両方の眼の下にホクロがあったぞ」

全員がええっと叫んで彼を見つめた。

「では、ではわれわれは、屍体の隣りに寝ておった妹のサミーの方を、まちがえて棺桶へ入れたというのか」

「すると屍体は、まだ二階で寝ておるというわけか」

「寝ておるのではない。死んでおるのじゃ」と、児山敬吉がいった。

「いや。そんなはずはない」高尾侑則が叫ぶようにいった。「わしはさっき二階にあがり、寝ておった早実子のベッドにもぐりこんで……」

「抱いたというのか」

「抱いてきた」

「南無阿弥陀仏、南無阿弥陀仏」遠藤洋子がわあわあ泣きながら叫んだ。「やれ恐ろしや。ではお前さまは、まちがえて死人を抱いてきたのじゃ」

「いいや。あれは死人じゃなかった」と、高尾侑則はいい張った。

「なぜ、そんなことがいえるのじゃ」

「わしに抱かれている時、声をあげおった」

「どんな声をあげたというのじゃ」

「死ぬ死ぬとぬかしおったわ」

「死人が死ぬ死ぬというはずはない」ディック・深野が、よろよろと立ちあがった。「もしかすると生き返ったのかもしれんぞ。よし、わしが見てくる」

「南無阿弥陀仏、南無阿弥陀仏」

遠藤洋子とディック・深野は、縁側へ出る障子をがらりと開いた。

縁側には白いネグリジェを着た渡辺早会子が、痩《や》せおとろえた蒼《あお》い顔をこちらに向けてふらりと立っていた。

「ぎゃっ」遠藤洋子が逃げようとし、ディック・深野にはげしくぶつかった。

ディック・深野は右の義眼をとばし、座敷のまん中にひっくり返った。

「おお、これはたしかに早会子じゃ」及川健介が彼女の傍に駈《か》け寄り、彼女のからだをなでまわしながら叫んだ。「早会子婆さんが生き返ったぞ」

「やれ、めでたい」

「なぜみんな、集まってるの」渡辺早会子がうつろな眼で全員を見まわしながら訊ねた。

「これはみな、あんたのお通夜に集まったのじゃ」

及川健介が彼女に説明している間、ディック・深野は四つん這《ば》いになり、とばした義眼を探して座敷中をうろうろした。

「何をしておる」

「わしの義眼がない」と、彼はいった。「さがしてくれ」

「やっ。では今のはお前さんの義眼じゃったか」児山敬吉が叫んだ。

「重箱の中にあったのでウズラの卵かと思うて今食べてしまった。どうも味がおかしいと思うた」

「とにかく、生き返ってめでたい」と、及川健介がいった。「さあ。飲みなおしじゃ」

一座は急に元気づき、ふたたび本格的な酒盛りが始まった。

「どうじゃ、早会子婆さん。死に損った心持ちは」

「はい。まるで生き返ったみたいですよ」

「しまった。忘れていた」高尾侑則があわてて立ちあがった。「サミーが棺桶の中に入ったままじゃ。出してやらにゃあ」

「おお。そうじゃそうじゃ」数人の老人が棺桶のまわりへ集まり、蓋《ふた》をはずした。

妹が死んだ姉とまちがわれて棺桶へ入れられたのだからビッグ・ニュースである。おれと花藤も仏間に入り、棺桶の中をのぞきこんだ。早実子は姉と同じ白いネグリジェを着て、棺《ひつぎ》の中に横たわり、死んだように眠っていた。花藤がさっそくカメラを出し、シャッターを押しはじめた。

「これ。サミーや。起きろ起きろ」

「おい。お前はまだ生きとるのじゃぞ」

ひどく酩酊《めいてい》して酔眼朦朧《すいがんもうろう》とした爺さんたちが、ふるえる手で早実子婆さんのからだを小突きまわし、撫《な》でまわした。だが彼女は、ぴくりとも動かなかった。

「おかしいな。息をしとらんぞ」

「そういえば脈もない」

「これはいかん。死んどる」

老人たちがまた騒ぎはじめた。

「うむ。どうやら窒息したらしい」

「やれ可哀そうに。姉の身がわりか」

「おい。医者を呼べ」

ディック・深野が高尾侑則にいった。「おい。もういちど抱いてやれ。生き返るかもしれんぞ」

「いや。わしはもう駄目じゃ」

「これ。誰かこの死骸《しがい》を犯すやつはおらんか」と、ディック・深野がわめいた。

「そんなことというなら、お前さんがやれ」

「わしはいかん」彼は尻《しり》ごみした。「まだ子種がある。避妊具を持っとらん。こんな歳の婆さんを妊娠《はら》させては可哀想じゃ」

「死骸が孕んでたまるか」

「サミーや。サミーや。ああ可哀想に」高尾侑則が死骸に抱きついて、水洟《みずばな》やよだれを垂らしながらわあわあ泣いた。「わしはお前が好きじゃった」

「さぞ、苦しかったろうなあ」老人たちが、おいおい泣きはじめた。

「わたしゃよく、お墓の中で生き返った夢を見るがねえ」椎名まゆみも泣き叫びながらそういった。「あんたがどれだけ苦しかったか、わたしにゃ、よくわかるんだよ」

「しかし、棺桶《かんおけ》の中で死んだというのはこれは非常に珍しいから、ハプニング好きのサミーさぞかし満足して死んでいったのではないかな」児山敬吉だけは座敷に座ったままで煮しめをむさぼり食いながらそういった。

「冗談ではない」及川健介がいった。「わしゃ何がこわいというて棺桶や墓の中で生き返るほどこわいものはない。呼べど叫べど助けてもらえず、あたりは真の暗闇で、地獄以上の苦しみにもだえながらじわりじわりともういちど死になおしじゃ。しかもそういう目にあう奴は案外多いというぞ。最近の統計ではふたりにひとりじゃそうな」

「何ごとも経験じゃ」と、児山敬吉はいった。「しかも、ふたりにひとりが経験しとるな」

「こらこら。そんなに屍体の顔へ涙やよだれを垂れ流してはいかん」ディック・深野が棺桶の周囲の爺《じい》さん婆さんに叫んだ。「仏さんの顔がまだらになってしまう」

「死に化粧をしてやろう」と高尾侑則がいった。

「そうじゃ。それがよい」

「こら。誰かおしろいを持ってこい」

酔っぱらった老人たちはわいわい騒ぎながら、寄ってたかって、小娘の持ってきたおしろいろいを死人の顔に塗りたくりはじめた。

その時、いかもの食いで有名な社会評論家の永野豊一爺さんがぐでんぐでんに酔っぱらってやってきた。「よう。何しとるんや」

「死人にメーキャップをしている」

「ほほう。最近のテレビはタレント不足と見えて、死びとまで出すんかいな」永野豊一はうなずいた。「なるほど。死びと大会ちゅうのはええ企画や」

「何をいう。これは死に化粧じゃ」

「なんや、つまらん。あっ。これはサミーとちがうか。わしはまた、死んだのは早会子や思うてきたんやがな」

「早会子が生き返って、妹のサミーが死んだのじゃ」

「ははあ。すると戒名を変えなあかんな」

「なあに、変える必要はない」児山敬吉がいった。「大姉を大妹にするだけでいい。それより永野さん、こっちへこないか」

「うん」永野豊一は児山敬吉と、さし向かいで酒を飲みはじめた。

「最近は、どんな悪食《あくじき》をしてるんだね」と、児山敬吉が訊《たず》ねた。

「インク飲んどるんや。こらおもろいで」と、永野豊一は答えた。「知っとるかもしれんが、インクには青、黒、緑、赤、それに写真帖《ちょう》用の白インク、また最近やと橙《だいだい》、黄ちゅうのもある。これを飲むと七色の大便が出る。いろんな色でだんだらになったウンチがこんもりと盛りあがる。サイケデリック・ウンチや。いやもう、実におもろい」

「あいかわらずだな。ところで、その包みはなんだね」

「うん。今日はみんなでいっしょに食おう思うて、珍しいもん持ってきたんや」彼はかかえてきた風呂敷《ふろしき》包みをほどきはじめた。

「何だなんだ」

いつの世でも老人というものは食い意地がはっていて珍味には目がない。棺桶の周囲にいた爺さん婆さんのうちの約半数が、永野豊一のまわりにわっと集まってきた。酔っぱらった手つきで風呂敷をほどく永野豊一の手もとを睨《にら》み、もどかしさに、はやよだれをだらだら流している爺さんもいた。

「これ。早《はよ》う見せい」

「早く食わせろ」

「まあ、待ちなはれ」永野豊一は風呂敷包みの中から、透明のビニール袋を出した。その中には、どうやら臓物らしい赤いどろどろした肉塊がぎっしり入っている。

「これはうまそうじゃ」老人たちが歓声をあげた。「レバーじゃな」

「いや。レバーやおまへん」永野豊一は眼をぎらぎら輝かせ、自慢そうにビニール袋を眼の上へさしあげた。「こら何やと思う。びっくりしたらあかんで。こら患者のからだから切除した悪性腫瘍、つまり癌や」

老人たちがわっと叫んで身をすくめた。「それを食おうというのか」

「そや」

「それを食うと癌にはならぬか」

「なるかもしれまへん。そやけど、いかもん食いちゅうもんにはスリルがなかったらあかん。いつあたって死ぬかわかれへんちゅうスリルと興奮があるさかいに食い甲斐《がい》がおまんのやで。その恐怖と戦慄《せんりつ》、これがすなわち香辛料になりまんねん。どや。食いまっか」

「食おう食おう」と児山敬吉がいった。「どうせ老いさき短いわれわれ、ひとの食わぬ珍味を食って絶命したとて悔いはない」

「そうじゃそうじゃ。食おう食おう」

食おうということに衆議一決すると、今度は焼いて食おうか煮て食おうかの議論になり、誰かが酢もみで食おうといい出せば、いやそれならいっそのこと刺身で食おうということになるに及びここに老人どもの軽薄その極に達し、小娘にわさび醬油《じょうゆ》を持ってこさせると癌を生《なま》のままで食いはじめた。

「うむ。これはうまい。これは何じゃ」

「それは胃癌や」

「わしはそのアカベロベロをもらおう」

「そらきっとうまいで。それは肺癌や」

「アカベロベロ、わしにも寄越《よこ》せ」

「どや。うまいやろ」

「うまいうまい」

「うまいはずや。これ手に入れるのん苦労したで。癌研にお百度ふんで貰《もろ》うたんや。ぜんぶ今日患者からとった新しい癌ばっかりやさかいな」さらには食道癌に直腸癌、乳癌子宮癌ともなれば奪いあいになる浅ましさ。

「珍しいものがあった。この丸いのは何じゃ」

「それはガンはガンでも六歳の小児の睾丸《こうがん》じゃ」

「いろんなものがあるな。これは何じゃ」

「それは十九歳の美少女の盲腸。どうじゃ、あんたらもひとつ、食わへんか」永野豊一がおれと花藤にそういった。

　おれたちは尻込《しりご》みした。「いや、今夜はもう満腹です」

「若いもんは勇気がないのう」

「いやまったくこれは人体の珍味じゃ」

「いやうまいうまい」

　眼前にくりひろげられるこの堕地獄餓鬼道を、おれと花藤はなかば腰を抜かしたようになって茫然《ぼうぜん》と眺め続けた。

　死骸をいじりまわしていた老人たちが、また騒ぎはじめた。

「ええい。どうもおかしいおかしいと思っていたら、これはおしろいではないぞ」

「そうじゃ、これはメリケン粉じゃ」

「あの小娘、まちがえおったな」

「どうも顔がまだらになると思うた」

「これでは可哀想じゃ。洗ってやろう」

誰かがバケツに水を汲《く》んできて、老人たちは石鹸《せっけん》で死骸《しがい》を洗いはじめた。おもちゃにされる死人の方こそいい迷惑だ。

　おれの隣りで癌さしをむさぼり食っていた及川健介が、喉頭《こうとう》癌をのどにひっかけて目を白黒させはじめた。「う……う……」

「背中をどんと叩《たた》いてやれ」児山敬吉がおれにいった。「口からとび出すじゃろ」

「はい」おれは及川健介の背中を、力まかせにどんと叩いた。

及川健介は、ほっと吐息をついた。

「出ましたか」

「小便が出た」

「これはおかしい」死骸を洗っていた爺さんたちがまた叫んだ。「この屍体《したい》には顎《あご》がないぞ」

「おまけに頭が割れとる」

「やあ、しまったしまった。洗いすぎて眼鼻が落ちた」

「馬鹿もん。そこは尻じゃ」

酔っぱらって、なかば正気を失っているから、やることがめちゃくちゃである。

そこへ新しく到着した老人たちの一団、どうやら今までパーティをやっていたらしく、いずれも酔っぱらっていたりラリっていたりしていて、そのうえ酒や薬をいっぱい持ってきたからたまらない。いよいよ座は乱れ、ひどい有様になってきた。

「昔、ハイミナールという薬があったのを憶《おぼ》えているか」

「知っている知っている」

「それを大量に仕入れてきたぞ」

「本当か。よこせ」

「こっちにも寄越せ」

たちまちお通夜がハイちゃんパーティと変り、全員がラリって浮かれはじめた。

もともとぼけはじめている老人たちがラリパッパになったのだからその惨状は目を覆うばかり、よだれや涙はいうに及ばず大小便の垂れ流し、醜怪さなどとうの昔に通り越して今や凄愴《せいそう》な雰囲気みなぎり、これぞ亡者の饗宴《きょうえん》かヴァルピュルギスの夜祭りか、声をあげておいおい泣いている爺《じい》さんがいるかと思うと他方では昔なつかしレズ仲間、婆さん同士でキスしていて入れ歯を取ったり取られたり、酔った勢いで若い頃振られた婆さんに抱きついたはいいがあべこべに頰桁《ほおげた》を張りとばされ、悪いことにこの婆さんの腕が鋼鉄製の義手だったからたまらない、爺さんが顔ひんまげて悶絶《もんぜつ》したり、だいたいお通夜にやってきた癖して、もともと神も仏も信じていないうえ自分たちだっていつ死ぬやらわからないという気持があるものだから死者を悼む気などさらさらない、楽しむだけ楽しんでもし死ねばそれで本望という気ちがいみたいなやけくその浅ましい老人ばかり、そのうちに椎名まゆみが「このまま死んでしまいたい」と古い歌をうたい出せば全員が思い出の涙を流しながらこれに和しての大合唱、次つぎと思い出しては歌う古きよき時代の歌も「骨《こつ》まで愛して」とか「湖に君は身を投げた」とか縁起の悪い歌ばかり、最後にはかの偉大なるアングラの名曲「帰って来たヨッパライ」の歌にあわせて全員踊り出し「おらは死んじまっただ」と手振り足振りゴーゴー大会、お経を拡げ頬かむりして踊る爺さんや、ありったけの数珠《じゅず》をネックレス代りにしてフラダンスをやる婆さん、はては仏壇の鉦《かね》や木魚をチャカチャカポクポクポク鳴らしはじめ、枹《ばち》が折れると位牌《いはい》で叩くという無軌道ぶりに、多少のことにはおどろかぬさしものおれの心臓さえ今にも口からとび出さんばかり、あろうことかあるまいことか、ついには便所とまちがえて仏壇に小便する爺さんや棺桶《かんおけ》の上で踊り出して蓋《ふた》を踏み抜く婆さんまで出て、気ちがい沙汰《ざた》もここまでくると、もはや悪魔外道の仕業と化し、このままここにいては仏罰が恐ろしいと、花藤とおれはついに縁側へ逃げ出した。

「おれはもう帰りたいよ」花藤が泣き顔でおれに訴えた。「気分が悪いんだ」

「まあ待て待て」おれは彼を引きとめた。「そりゃおれだって、こんなところにいたくない。しかしこの分じゃ、何が起ることやらわからん。もう少し見ていよう」

わあわあ泣き叫ぶ声がするので、振り向いてみると高尾侑則爺さんが庭に向かって縁側に立ち、横の柱を抱いてわめいていた。

「どうしたのです」おれは彼に近寄って訊《たず》ねた。

「小便がとまらなくなった」と彼はいった。「小便袋が破裂したらしい。わしももう、おしまいじゃ」

「だって、とまってるじゃありませんか」

彼は首をかしげた。「おかしいな。するとあの水音は何じゃ」

「あれは庭の噴水の音です」

しばらくして座敷へ戻ると様子は一変していて、電燈《でんとう》はすべて消され、ただ仏壇のお燈明だけが不気味にあたりを照らし出し、心臓麻痺《まひ》の恐怖ものかは精神的には死も乗り越えたか狂気のセックスの涅槃《ねはん》楽、座敷いっぱいにごろごろと横たわったこの世のものとも思えぬ爺さん婆さんの姿をぼうと浮かびあがらせていた。どうやらゴーゴー大会は乱交パーティに早変りしたらしい。あちらの片隅であれ死にんすとしわがれた婆さんのよがり声あがれば、こちらの片隅では感極まったはずみにのどへ痰《たん》をひっかけたかごろごろぜいぜいと今にも死にそうな爺さんの息づかい、部屋の中央部では婆さんにあぶれた爺さんたちが車座になってシンクロナイズド・オナニングと称する破廉恥行為にうつつを抜かしている。この情景をカメラに納めようとし、カメラを構えた花藤とストロボを持ったおれが手さぐり足さぐりでそろそろと仏壇の前に進んだ時、棺桶のひっくり返っていることに気がついた。蓋ははずれ、どこかへ転がり出たらしくて中の屍体が見あたらない。

「仏さまが行方不明だ」おれはあわてて叫んだ。「大変だたいへんだ。誰か死骸を抱いている人がいます」

「なあに、心配するな」と、児山敬吉の声がした。「生きておろうが死んでおろうが、たいして変りはない。ままよ後生楽おれたちじゃとて、一歩踏みはずせば死骸じゃ」

「またさっきみたいに、生き返るかもしれんぞ」

「生き返るって、誰のことなの」

「やっ。その声はサミー。お主やっぱり生きていたのか」

「おや。わたし死んでたの。さっきみんなが踊り出した時、わたしも浮かれて踊ってたのよ」

「おやまあ。あんたはサミー」

「あれまあ知らなかった。レズの相手はお姉さん」

「ええ、ややこしい。いったい誰が死んで、誰が生きとるのじゃ」

「電燈をつけろ」

及川健介が立ちあがって電燈をつけた。

荒淫《こういん》に亡者の如く頬をこけさせ眼を落ち窪《くぼ》ませ、乱れた姿の爺さん婆さんがいっせいに眼をしょぼしょぼさせた。ほとんどの婆さんは下半身まる出しだが、歳をとると羞恥心《しゅうちしん》も麻痺するのか、いっこうに平気である。ヌードの婆さん、越中褌《えっちゅうふんどし》ひとつの爺さん、中には腹巻き一枚だけの爺さんもいた。みんなラリっているから眼はとろんとしていて、喋《しゃべ》ることばも舌がもつれてたりらりらんである。

「えらいこっちゃ」と、永野豊一がいった。「さっきの癌さしで眼が見えんようになってしもた。脳腫瘍《のうしゅよう》を食うたからかいな、瞼《まぶた》が開かへん」

「そりゃお前さん、目やにがこびりついとるんじゃ」

「おい。さっきからここに寝たままでぴくりとも動かんから、どうもおかしいと思うとったら、この遠藤洋子婆さん、死んどるぞ」

「ははあ。すると宵の口からずっと死んでおったのじゃな。ほら、早会子婆さんが生き返った時に腰を抜かしてひっくり返ったままの姿勢じゃ」

「心臓麻痺じゃ」

「何じゃと」

「ほらへらいほとりや。ほれはそのほんな、らいらろ」

「遠藤洋子婆さんを、さっき抱いたといっとるらしい」

「ひにんほは、ほもはなんら」

「そういえばおれも抱いた記憶がある」と、児山敬吉がいった。「いやいや、しかしあれは、五年前のことじゃったかもしれんわ」

「この爺さんも死んどる」と、高尾侑則が叫んだ。ディック・深野が、口から癌さしの端っこをちろり覗《のぞ》かせ、白眼を剝《む》いて座敷のまん中にひっくり返り、息絶えていた。

「ははあ。これは肺癌じゃ。このアカベロベロをのどへ詰めおったのじゃ」

「やっ。するとこの爺さん、どうもおかしな踊りかたをしおると思うてさっきは眺めておったのじゃが、あれは実はこれをのどへ詰めて苦しんでおったのじゃな」

「そうや。わしもこの爺さん畳の上へぶっ倒れて、手足ひくひく痙攣《けいれん》させとるの見て、この爺さんお得意の余興、例の『蝿とり紙にくっついた蝿』いうのをやっとるんやとばかり思うて笑《わろ》うて見とったんやがな。そんならあれは断末魔か」

「へらいほろをひら。ほれはほのひいらんのひりをふろうら」

「何じゃと」

「仏と知らずに、この爺さんの尻をさっき使《つこ》うたというとるらしいわ」

「まあ丁度いい。ふたり生き返ってふたり死んだのじゃから、あいこじゃ」

何があいこなものかと思い、おれはあきれた。いうことが無茶苦茶である。

「よし。ふたりいっしょに棺桶へ入れてやろう。抱きあわせじゃ」

「やれ羨《うらや》ましや」

「南無阿弥陀仏《なむあみだぶつ》。南無阿弥陀仏」

「さあ。お通夜のやりなおしじゃぞ」

「死人はふたりじゃから、明日の晩までぶっ続けにやろうではないか」

「それがよい。それがよい」

まったくこの老人たちの死をも恐れぬバイタリティには感心するほかない。彼らはまたしても酒を飲みはじめハイミナールをむさぼりはじめた。最初からやりなおすつもりらしいのである。

しらふのままで座に加わっていたのでは正気を保っていられるかどうかはなはだあやし

くなってきたので、おれと花藤はハイミナールを貰《もら》い五錠ずつのんだ。たちまち意識が遠ざかっていき、おれたちはいつ横になったかもわからぬまま眠りこんでしまった。

　悪夢に襲われた。

　裸の老人たちが熱狂的なゴーゴーのリズムの中でストロボの閃光《せんこう》を浴び、幽鬼のように踊り狂っていた。彼らの痩《や》せた腕、皺《しわ》だらけの腹、振り乱した白髪が、赤、青、黄、オレンジ、グリーンの蛍光灯《けいこうとう》に彩られ、多くのうつろな眼とぽっかり開かれた歯のない口腔《こうこう》が恨めしげにおれの方を睨《にら》んでいた。彼らは笑っていた。腐敗の臭気と細菌の繁殖の中で笑っていた。反逆をあきらめた力なき逃避の中で笑っていた。彼らは死んでいた。死んでもなお踊り狂っていた。彼らのむき出しの五体のところどころからは蛆虫《うじむし》が顔を出し、リズムにあわせて頭部を振っていた。からだ中の皮膚から蛆虫を垂らせたひとりの婆さんがおれに抱きついてきた。

　わっと叫んで眼をさました。

　花藤がおれを揺り起していた。「おい。起きろ起きろ。大変だ」

「どうした」

「爺《じい》さんや婆さんがみんな死んでいる」

　おれはおどろいてあたりを見まわした。ごろりごろりと座敷いっぱいに拡がり、河岸のマグロのように腹を天井に向けて老人たちが死んでいた。生き残っているのはおれたちふたり、それに児山敬吉だけである。

「癌《がん》さしの中毒死じゃろ」さすがにいささか悄然《しょうぜん》として、児山敬吉がいった。

「でも、あなただけはなぜ……」

「わしは豚の胃袋を移植した。それで助かったのじゃろうな。とにかく、これだけ人死にが出たのじゃから、放っとくわけにもいくまい。警察へ電話しなさい」

花藤が警察へ電話をした。

ほどなく車をつらねて警察がやってきた。刑事を先頭に検死医や鑑識課員、それに記者たちも多勢やってきた。

「あなたのような若い人がちゃんとついていながら、どうしてこんなことになったのです」おれよりはひとまわりも若そうな刑事が、汚ならしそうに老人たちの屍体《したい》を顎《あご》で示してそう訊《たず》ねた。

彼の尊大な態度にいささかむっとしたが、あの悪食をとめようとしなかったのだからこちらにも落度はあると思い、おれはただ、あやまり続けた。花藤は記者たちの質問攻めにあっている。

「ほとんどが中毒死ですな」と、検死医が刑事に報告した。「他には心臓麻痺《まひ》で死んだ者が二人と窒息が二人、腎虚《じんきょ》も一人います」

「ふん」と刑事は顔を歪《ゆが》めて吐き捨てるようにいった。「世の中から、害虫がだいぶ減ったな」

「害虫とは何ごとじゃ」児山敬吉が満面に朱をそそいで刑事に食ってかかった。

「貴様ら世の中に害虫を流す非行老人どものことをいっとるんだ。貴様らは害虫だ。毒虫だ」刑事が怒鳴り返した。「お前たちは人間らしい心をひとかけらも持っとらん。ちっとは若い者を見ならったらどうだ」

「若い者じゃと、人間じゃと」児山敬吉が怒り狂って叫びはじめた。「コンピューターのいいなり放題になって生殖能力さえ失った今の若い連中が、人間らしい心を持っとるというのか。教育ママに甘やかされた温室育ちの連中が人間じゃというのか。蜂の巣みたいな団地のひと部屋のマイホームを後生大事に守っとるような奴は人間じゃない。そいつらこそ虫けらじゃ」

「気ちがいだ」刑事は頬をひくひくさせながらそっぽを向き、部下にいった。「おい。この気ちがい爺さんを連行しろ」

「はい」

児山敬吉はわめきながら引っ立てられていった。

やっと警察の取調べから解放され、車に乗って社へ戻る途中、花藤がぽつりといった。

「旅路の果て……あれがあの連中の旅路の果てか。みじめなようでもあり、羨ましいようでもあり……」

おれはかぶりを振った。「いやいや。ひょっとすると今という時代こそ、全人類の旅路の果てなのかもしれないぞ」

オナンの末裔

1

営業庶務の佐山浩八のところへ、外出している営業第三課の三宅が電話してきた。

「今、大村産業におるんや。すまんけど、こっちへ金持ってきてくれへんか」

「またでっか」浩八は顔をしかめた。「なんぼ要りまんねん」

「五万円や。資材課長と、今夜バーへ行くねん。ごつい仕事とれそうやさかい」

「つけにでけまへんか」浩八は自分の机の上に積みあがった伝票の束を眺めまわしながらいった。「ぼく、仕事いっぱい、つかえとるんやけどなあ」

「そんな淋《さみ》しーいこといわんと、持ってきてえな。資材課長が自分の知っているバーへ行こういうとるねん。つけ、利かへんがな」

「金、貰《もろ》とくさかい、とりに戻れまへんか」

「まだ、仕事の話残っとるねん」

「さよけ」浩八は、しぶしぶ受話器を置いた。

五万円の仮払伝票を切り、営業第三課長の判をもらい、総務部へやってきておそるおそる窓口へ出すと、係の増田美智子が、いやな眼で浩八を見た。

「また、三宅さんかいな」彼女は眉《まゆ》をひそめ、立ちあがった。「経理課長に訊《き》いてくるわ」

「早《は》よしてや」と、浩八は指さきでカウンターを叩《たた》きながら、そういった。

営業庶務というポストは、組織としては営業部に所属しているものの、配属されているのは、佐山浩八のように、総務畑の人間である。

営業と総務の間の、コウモリ的な存在といえよう。ばたばたと、やたらにいそがしいが、営業マンたちからは、総務のまわし者と白い眼で見られ、総務部の社員からは、事務屋の風上にもおけぬ奴と、軽蔑《けいべつ》の瞳で見られる。

どういう仕事かというと、それはたとえばセールス関係の接待費や交際費、得意先への中元歳暮、はてはリベート、また、大きな声ではいえないが賄賂《わいろ》などの経費を、帳簿上どう処理するかを決め、その世話をするといった、文字通り営業のための雑用だ。

小さな会社だから、係員は浩八を含めて三人だけ、しかも浩八は入社したのが三年前で最年少、つまり使い走りはいつも彼の役なのである。

「課長さん、呼んではるわ」増田美智子が戻ってきて、そういった。

浩八は、経理課長の机の前に立った。

「どない処理する気やねん」経理課長は、ぶよぶよにふくらんだ浅黒い顔をあげ、小さなまん丸い眼できょとんと浩八を眺めながらいった。「営業第三課の接待費の予算は、もうとうに足出とる」

いな」

「営業経費として、落します」
「そら注文とれた時の話や」課長は少し声を高くした。「三課の三宅、あら札つきやさか
いな」
「今度は、大丈夫やそうです」
いったい、どっちの味方か――と言いたげに、経理課長はじろりと浩八を睨《にら》み、印鑑を
とり出した。「そらまあ、注文とれなんだら営業第三課の責任やねんさかい、かまへんけ
どな」しぶしぶ、判を押した。
増田美智子から五万円受け取り、浩八は会社を出てタクシーに乗った。タクシー代は三
宅からふんだくるつもりだった。
大村産業のビルに入ると、三宅は受付の前の広いロビーで待っていた。「おおきに、お
おきに。まあ、ちょっとお茶でも飲んでいかへんか」
「いや。ぼく、急《せ》きますさかいに」
「まあ、ええやないか」三宅は浩八を、ビルの地下の喫茶室へつれていった。
「その金、営業経費で落ちますやろな」
「ああ。大丈夫や。まかしとき」三宅は安請けあいをした。
浩八がさらに何かいいかけると、三宅はいそいで話題を変えた。「君、まだ結婚せえへ
んのか」
「はあ。結婚でっか」浩八は面くらい、ぼんやりと、三宅のにやけた細い顔を眺めた。

「いそがしいて、考えたことおまへんわ」それから、身を乗りだした。「ぼくは二十五や。そやけど三宅さん三十二でっしゃろ。三宅さんこそ、なんで結婚しはりまへんねん」

「結婚する必要が、あんまりないさかいな」三宅は上っ調子にへらへらと笑った。

「ぼくは、女ちゅうもんにあんまり魅力感じまへん。そこへさして、魅力感じてる暇がおまへんわ」と、浩八はいった。

「そらまた極端やな。女の裸想像して、興奮するちゅうこともないのか。そんなこと、ないやろ」

「裸なんて、別に想像せいでも、最近そこらへん、裸の写真だらけやし、もう見馴《みな》れてしもうて、何とも思えしまへん」

「ははあ。年代の相違やな。わしらの学生時代には、ヌード写真なんかほとんどなかったからなあ」三宅は、外人を見る眼で浩八にいった。「最近の若い子は、みんなそうかいな」

「そうでっしゃろ」と、浩八は答えた。「女の子と交際しすぎて、セックスには鈍感ですな。ぼくもそうです」

「そんなら、ミニ・スカートの女の子見ても、どないもないか」

「どないもおまへん」

「ぽちゃぽちゃあ、とした、若い女の子の、きゅきゅきゅきゅとした、白い足見ても、どないもないか」

「どうちゅうこと、おまへん」

「ははあ。どうちゅうこと、ないか。そうか」三宅は少しあきれ顔で、しばらく浩八を眺めた。人間以外の動物を見る眼つきをしていた。「そんなら、夜寝る前、いったい、どんなこと考えるねん」

「悲しい話やけど」浩八は俯《うつむ》向いた。「仕事のことです」

「偉いやないか。そない仕事が好きか」

「今の仕事、好きやおまへん。その好きでない仕事のことで頭使《つこ》うて、それで夜眠られへんのやさかい悲しいわ。こんなこと三宅さんやさかい喋《しゃべ》れるねんけど、あの営業庶務ちゅう仕事、あれ、男のやる仕事違《ちゃ》いまっせ。あれ女の仕事や。他人《ひと》の飲み代《しろ》の計算やとか、使い走りやとか……」

「ふうむ」三宅はばつの悪そうな顔をした。

浩八は急にいきごんで、仕事の不満を喋りはじめた。年齢に開きはあるものの、社内に数少ない独身者同士なので、三宅とは比較的親しかったからである。

「そうかあ。そない仕事に追いまわされとるんか」浩八が喋り終えると、うわべだけは、さも同情するといった調子で三宅はそういい、しばらく何か考えていたが、やがて眼を光らせ、テーブルに身をのり出した。「そやけど、君かてやっぱり、オナニーはするんやろ。どや。どや。オナニーはするやろ」

「ああ。オナニーでっか」浩八は興味なさそうにうなずいた。「話だけは聞いてます」

「え」三宅は、眼を丸くした。それから背を丸め、声をひそめた。「君、オナニーしたことないのか」

「はあ」

「へええ。君、オナニーしたこと、ないか。そうか」三宅は背をのばし、無機物を見る眼で浩八をじろじろ眺めまわした。それからまた、浩八の鼻さきへ顔をつき出し、声をひそめた。「一回もないのか」

「はあ。する気もないし、やり方も知らんし……」と、浩八はいった。

「ははあ」三宅は感にたえぬ口調で、吐息まじりにいった。「やり方、知らんか」

「三宅さんが結婚しはらん理由は、それでっか」と、浩八は訊《たず》ねた。

「そや」三宅はわれにかえり、決然としてうなずいた。「オナニーしとったら、結婚する必要なんか、ない。いやいや。結婚なんかするより、オナニーの方が、ええ」

「ああ、そうでっか」どっちにしろ、浩八には関係のないことである。しかし、やり方ぐらいは知っていた方がいいだろうと思い、彼は三宅に訊ねた。「あの、オナニーは、どうやってやるんです」

「やり方ねえ」三宅は説明のしかたに困った様子で、きょろきょろと左右を見まわした。やがて、うんとうなずき、喋り出した。「せんずりちゅう字は、手偏《へん》に上下と書く」

「ははあ。せんずり、ちゅう字がおまっか」

「当用漢字にはないが、『弄』の俗字として、ある。手偏に上下、つまり、しごくんや」

「なるほど。手でしごきまっか」

そこへ、大村産業の資材課長が、課員をひとりひきつれて入ってきた。「三宅君。えらい待たせて済まなんだ。ここで説明聞かして貰《もら》おうか」

取引の話が始まったので、浩八は席を立ち、大村産業のビルを出た。

2

数日後の昼過ぎ、自分の席で伝票の整理に追いまわされている浩八のところへ、三宅がやってきてささやいた。「茶、飲みに行こか」

「はあ」話がありそうな様子なので、浩八は三宅と社の近くの喫茶店へ行った。

会社の男たちの間で評判のいい、邦ちゃんという可愛いウェイトレスにコーヒーを注文してから、浩八はさっそく訊ねた。「注文、とれましたか。大村産業の」

「それやがな」三宅は、なさけなさそうな顔で苦笑した。

浩八は、背すじをしゃんとのばした。「まさか、とれなんだん違《ちゃ》いまっしゃろな」

「他社《よそ》にとられてしもうた」

「困りますやないか」浩八は、思わず声を高くした。「どない処理しまんねん。わややがな」

「すまん。接待費に入れといてくれ」

「とうに赤字や。どないしまひょ。困るなあ。また経理課長がうるさい」

「仕様《しや》ないがな。金なかったら、ええ仕事とられへん」三宅はまた、お得意のせりふを暗誦《あんしょう》しはじめた。「会社の金と自分の金と、区別つかんくらいやないと、ええ営業マンやないねん」

「そら、営業マンの理屈や」

「君、営業部員やないか」三宅は白い眼で浩八を見た。

「弱ったなあ」浩八は頭をかかえ、うめくようにいった。「また今夜、寝られへん」

三宅はにやりと笑い、眼を細くして浩八に訊ねた。「どや。教えたとおり、やってみたか」

「は。何の話です」

「オナニーやがな。オナニー。手偏に上下」

浩八は少しあきれて三宅の顔を見た。

——この男、いったい頭の中どないなっとんねん。仕事とり損のうて平気なんやろか。

「昨夜《ゆうべ》、あんまり寝られへんさかい、実験してみました」浩八は、しかたなくそう答えた。「そやけど、あきまへん。なんぼ手で上下にしごいたかて、どないもならへん」

今度は三宅があきれかえり、宇宙人を見る眼で浩八を眺めまわした。「阿呆《あほう》やなあ。手でしごくだけで、どうにもなるかいな。考えなあかんがな」

「何を考えますねん」

「決っとるやろ。女のことや」

「女のことかあ」浩八はつまらなそうにつぶやいてから、きょとんとした顔で三宅に訊ねた。

「どういう女のことです」

三宅は頭髪をばりばりと搔《か》いた。「君は大学時代、女の子とようけ交際したんやろが」

「ああ」浩八は笑った。「そらまあ、二十人くらいとはつき合《お》うたけど」

「その子らを、想像で裸にするんや」

「阿呆らしいて」浩八は苦笑した。「子供だっせ。それに、一緒に旅行したり合宿したりして、寝相の悪いことやら、全部知っとるさかい、今さら裸にしたかて」

「そうかあ。年代の相違やなあ」三宅は考えこんだ。

邦ちゃんが、コーヒーを運んできた。

三宅が顔をあげ、彼女を指していった。「この子どや。この子、裸にしたらええで」

「邦ちゃんねえ」浩八は、彼女の濃紺の制服姿を見あげ見おろした。「そんなら、この子裸にしてみまひょか」

邦ちゃんは一歩とび退《すさ》り、銀の盆を腰のあたりにして身構えた。「けったいなことしたら、蹴《け》るで」

「こわいこわい」三宅が首をすくめた。

「あの子であかんのやったら」と、また三宅がいった。「経理の増田君どやねん」

浩八は、増田美智子の仏頂面を思い浮べた。そういわれてみれば、可愛いと思えないことも、なささうだった。

「あの子は、ええでえ」三宅が舌なめずりせんばかりの表情でいった。「ぽちゃぽちゃあ、としてて、白い足が、きゅきゅきゅきゅきゅきゅ……」

「そないあの子好きやったら」と、浩八はいった。「三宅さん、あの子貰いなはれ」

「結婚か。結婚はいかん」三宅はあわてて、かぶりを振った。「女ちゅうもんは、結婚するもんやない。オナメイトにするもんや。結婚したら幻滅や。実際に抱くだけでも幻滅や。コイトスなんちゅうもんは、オナニーの貧弱なもんに過ぎん。フロイトも、そない言《ゆ》うとる。想像ちゅうことは、人間だけにでける高度な思考や。つまりコイトスより、オナニーの方が高等やねん。相手にどんな恰好《かっこう》でもさせられる。強姦《ごうかん》しようが絞め殺そうが犯罪にはならん。だいいち、一どきに三人の女と——なんちゅう芸当は、オナニーでないとでけんからな」

「結婚せな、不自由ですやろ」

「阿呆ぬかせ。結婚した方が不自由や」三宅は、唾《つば》をとばして喋りはじめた。「家事さぼる方法ばっかり考えとる最近の女を、なんで男が働いて食わしたらんならんねん。どうせインスタント食品食わされるんやったら、独身と同じやないか」

「佐山さん電話」と、店の隅から邦ちゃんが浩八を呼んだ。

電話は増田美智子からだった。「経理課長が呼んではる」

「そらきた」浩八は首をすくめた。「怒っとるか」

「かんかんや」

「あんたのために、なんでぼくが叱られなあかんねん」席に戻り、泣き出しそうな顔で浩八は三宅にいった。

「すまんすまん」ちっとも済まなそうでなく、三宅はへらへら笑いながらそういった。

こうでなくては、会社勤めなどできないのではないか、と、浩八は思った。

3

経理課長に怒鳴りつけられたため、その夜浩八は、アパートに敷きっぱなしの冷たいふとんにもぐりこんでからも、なかなか眠れなかった。三宅の図太い神経が羨《うらや》ましかった。あの男に、眠れない夜なんて、あるのだろうかと、浩八は思った。もしあるとしても、オナニーでごまかして、さっさと寝てしまうに違いない——そうも思った。

浩八はオナニーをしてみる気になった。生理的欲求ではなく、眠れないためにするのだと自分でわかっているものだから、わびしく、うら悲しい気持だった。気分がのらなかった。それでも無理をして、なんとか女の裸を想像しようとした。裸だけなら、簡単に想像できそうだった。

案の定、裸の女はいくらでも出てきた。男性週刊誌のグラビヤに出ているグラマー・ヌードが、次から次から一ダースばかりあらわれた。

そやさかい、どないやいうねん——浩八は舌打ちした。何の気も起らなかった。

性交そのものに関する解説書は本屋にあふれているのに、どうしてオナニー初心者の心得を書いた本や、想像の内容を書いた本——たとえば『オナニーの友』とか『最新ヒット・オナニー集』といった手の本が一冊もないのか、浩八には不思議に思えた。オナニーの方が性交そのものよりエロだという筈《はず》もあるまい。オナニーに関する正確な知識を教える本がない限り、知らぬ者はいつまでも知らないままだ。それでは不公平ではないか。

三宅に聞いた話だと、少年時代のオナニーには罪悪感がともなうそうだ。その罪悪感のために、オナニー入門書を書く人間があらわれないのだろうか。その罪悪感というのは、おとなになっても残っているものなんだろうか。

うん、どうもそうらしいぞ——浩八は天井のふし穴を睨《にら》みながらうなずいた。そういえばたしかに、昨夜のコイトスの回数を誇る男はざらにいるが、オナニーの回数を誇らかに喋《しゃべ》っている男は、まだ見たことがない。また、失神などのエロ小説は氾濫《はんらん》しているが、オナニー小説だけは、まだ読んだことがない。罪悪感があるんだ……。きっとそうだ……。

そんなこと、どうでもええがな——浩八は、われにかえり、ふたたびオナニーに没入しようとした。

裸の女が出てくるだけではどうにもならないことを知り、浩八は、想像で女を犯そうとした。しかし、グラビヤのヌード・モデルを犯そうとしても、つきあいがないものだから彼女たちがどう反応するかを空想することは困難だった。抱きついていっても、彼女たちは同じポーズ、同じ表情のままでじっとしていた。

浩八はしかたなく、経理課の増田美智子を登場させることにした。

まず、事務服を着たままの増田美智子を、無理やり押し倒した。彼女はいつもの仏頂面をしていた。浩八はおそるおそる、彼女の事務服のボタンをはずそうとした。増田美智子は、いやな眼で浩八を見た。

「堪忍してくれ」と、浩八は弁解した。「ほかに適当な女の子がおらんさかいに。まあ、そんな顔せんと、我慢してえな。ええやろ」

彼女は眉《まゆ》をひそめ、立ちあがった。「経理課長に訊《き》いてくるわ」増田美智子は、半分脱がされかかったままの事務服姿で、課長の机の方へ歩いていった。

「早《は》よしてや」浩八は、ズボンを脱いで下半身まる出しのまま、指さきでカウンターを叩《たた》きながら、そういった。

「課長さん、呼んではるわ」増田美智子が戻ってきて、そういった。

なんで課長の了解得なあかんねん——筋が進展しないのでいらいらしながらも、浩八は経理課長の机の方へ行かずにはいられなかった。

「どない処理する気やねん」経理課長は、ぶよぶよにふくらんだ浅黒い顔をあげ、小さなまん丸い眼できょとんと浩八を眺めながらいった。「子供できたら、どないする」

「堕《お》ろさせます」

「その金はどないするねん」

「営業経費として、落します」

「そら注文とれた時の話や」

「大丈夫やそうです」

経理課長は、浩八の下腹部に、しぶしぶ判を押した。

浩八は、また窓口まで戻り、増田美智子をカウンターの上へ引っぱりあげて犯そうとした。他に、適当な場所が思いつかなかったからである。総務部の社員たちが、あきれて二人を眺めていた。

こんなところで犯すと、また経理課長がうるさいだろうなと、浩八は彼女を犯しながら頭の隅でそう思った。

そう思ったとたん、浩八の腹の下の増田美智子が、ちらと課長席を見て、浩八に告げた。

「課長、こっちへ来るわよ」

「そらきた」浩八は首をすくめた。「怒っとるか」

「かんかんや」

「あ、そらまた、なんちゅうこと、さらすねん」と、経理課長が怒鳴った。「ここは会社の中やぞ」

そこへ三宅がやってきて、浩八にいった。「茶、飲みに行こか」

「いや。ぼく、急《せ》きますさかいに」

「そんなら、すまんけど五万円の伝票切ってくれるか」

た。

「またでっか」浩八は顔をしかめた。

「資材課長と、今夜バーへ行くねん、ごつい仕事とれそうやさかい」

「つけにでけまへんか」浩八はあせって、手の上下運動を早めながらいった。「ぼく、早ようこれ済ませてしもて、早よう寝ないかんねんけどなあ」

三宅は、にやけた細い顔で、好色そうな眼を浩八と増田美智子の行為に向けながらいった。

「そんな淋《さみ》しーいことといわんと、貰《もろ》うてえな」

「五万円、出してくれるか」浩八は、腹の下の増田美智子に、おそるおそる訊《たず》ねた。

「また、三宅さんかいな」と、彼女はいった。

「こいつは札つきやぞ」と、経理課長がいった。「営業第三課の接待費の予算は、もうとうに足出とる」

「あんたのために、なんでぼくが叱られなあかんねん」浩八は、増田美智子のからだに覆いかぶさったまま、泣き出しそうな顔で三宅に叫んだ。

「会社の金と自分の金と、区別つかんくらいやないと、ええ営業マンやないねん」

カウンターの両側に三宅と経理課長がいては、とても目的を遂行できる筈がない。浩八は手の動きをとめ、増田美智子との行為を中断した。

浩八は溜息《ためいき》をついた。頭が冴《さ》えて、ますます眠れなくなってしまっていた。中途半端に中断したため、その気もないのに鬱血《うっけつ》していて、下腹部が火照っていた。

午前零時は、とっくに過ぎていた。明朝、いつも通り早く起きなければならないのだと思えば思うほど、尚《なお》さら眼が冴えた。浩八は、泣きたくなった。

半泣きのまま、しかたなく、もう一度オナニーを試みることにした。早く疲労して、早く眠りたかった。

浩八の鼻さきを、一ダースばかりのカラー・ヌード・モデルが、右から左へとあわただしく横切っていった。最後に、増田美智子が事務服を脱がされスカートをまくりあがらせた、あられもない恰好《かっこう》で出てきた。浩八はあわててかぶりを振った。

「ついて行け」

彼女はモデルたちといっしょに、左へ消えていった。

浩八は、出金伝票や営業日報、原価計算表の束の中をかきわけ、かきわけ、犯すべき女をさがして、猛然と走った。営業各課の数枚の交際費予算表をつき破り、走り出ると、そこに『五万円』という名の喫茶店があった。

浩八は、店のガラス・ドアを破壊して、中へおどりこんだ。店の隅には邦ちゃんがいた。彼女は浩八を見て眼を丸くし、立ちすくんだ。浩八は、彼女に向かって突進した。

邦ちゃんは一歩とび退り、銀の盆を腰のあたりにして身構えた。「けったいなことしたら、蹴《け》るで」

浩八はたじろいだ。

三宅が彼女の横に立ち、浩八にいった。「この子どや。この子、裸にしたらええで」

「そんなら、この子裸にしてみまひょか」浩八は、自分の股間《こかん》めがけて蹴あげてくる彼女のハイヒールを、身をくねらせてかわしながら、邦ちゃんに武者ぶりつき、彼女をテーブルの上に押し倒した。

「この子は、ええでえ」三宅が舌なめずりせんばかりの表情で、横からいった。「ぽちゃぽちゃあ、としてて、白い足が、きゅきゅきゅきゅきゅきゅきゅ……」

浩八は邦ちゃんの、濃紺の制服に手をかけ、力まかせに引き裂いた。彼女の白い筈のブラジャーは、うす鼠《ねず》色に汚れていた。

その時、浩八の大学時代のガール・フレンド二十数人が、どやどやと喫茶店に入ってきた。彼女たちは、黄色い声ではしゃぎながら、カウンターの下から合宿用の毛布を出した。そして浩八の頭を踏んづけたり、またいだりしながら、店いっぱいに拡がって横たわり、うす汚れた下着姿、ネグリジェ姿になった。

やがて、いぎたない寝姿で高いびきをかきはじめた彼女たちを見て、浩八は、彼が自分の腹の下に組み敷いている邦ちゃんといえども、大学時代のガール・フレンドたちと比べて、何ら変るところのない、枯草と土の匂いのする、うぶ毛のはえた小娘であることに気がついた。

「まだ子供や」と、浩八はつぶやいた。「阿呆《あほう》らしいて、阿呆らしいて……」

そこへ、大村産業の資材課長が、課員をひとりひきつれて入ってきた。「三宅君。えらい待たせて済まなんだ。説明聞かして貰《もら》おうか」

三宅が、浩八の行為を指し示しながら、説明をはじめた。「せんずり、ちゅう字は、手偏に上下と書きまんねん。当用漢字にはおまへんけど、『弄』の俗字として……」

4

翌朝、浩八は、入社以来はじめて寝過ごした。眼を醒《さ》ました時は九時半だった。混雑時を過ぎていたため、電車は空《す》いていて、浩八はシートに腰をかけることができた。浩八の前のシートに、ミニ・スカートの女性が股《また》を開いて腰をおろした。

オナニーするような男は、きっとこういう時には、かんかんになって覗《のぞ》きこみよるんやろうな——浩八はそう思い、シートの凭《もた》れから背をずり落し、頭の位置を低くして、彼女の股間を覗きこもうとした。

その時、電車が停った。

浩八はシートから電車の通路へころげ落ちた。

乗客が、いっせいにげらげら笑った。ミニの女性もげらげら笑った。浩八もげらげら笑いながら立ちあがった。みんな、げらげら笑った。

月末だったので、その日会社では、売上金額を表にして経理へ提出しなければならなかった。

帳簿片手に総務部へ行くと、カウンター越しに増田美智子が、浩八へ例の仏頂面を向けた。昨夜のことを思い出して浩八はくすくす笑った。

「何よう」増田美智子が首をのばし、彼を睨《にら》みつけた。

浩八は立ちどまり、げらげら笑った。

増田美智子は、わけもわからずにくすくす笑った。「どないしはったん。今日は」

彼女の笑顔を見たのは、入社以来はじめてである。浩八はなおもげらげら笑いながら、彼女に近づいていき、昨夜のことを話そうとした。口を開きかけ、また、げらげら笑ってしまった。彼女も、つられてげらげら笑い出した。

浩八は笑いをこらえながら、彼女の耳に口を近づけ、昨夜のことを話し、話し終えてから、またげらげら笑った。増田美智子は、一瞬まっ赤になり、それから嬉《うれ》しそうにげらげら笑いはじめた。眼の周囲がばら色になり、見ちがえるほど色っぽくなって、身をくねらせながら笑い続けた。

「こらこら。君らはまた、何笑《わろ》うとるねん」経理課長がタヌキのような顔に好奇の色をみなぎらせ、にたにた笑いながらやってきた。

増田美智子が、笑いながら昨夜のことを話した。聞き終り、経理課長はまっ赤な口を開いてげらげら笑い出した。

三宅が、げらげら笑いながらやってきて、出金伝票を浩八に渡した。「すまんなあ。また五万円ほど貰うてんか」

浩八はげらげら笑いながら伝票を受けとり、増田美智子に渡した。「これ、貰うてんか」

んか」

「はい」増田美智子はげらげら笑いながら伝票を受けとり、課長に渡した。「判、押して
「よっしゃ。よっしゃ」課長はげらげら笑いながら印鑑を出し、小さな伝票用紙の上へ滅多やたらに判を押しまくった。

「毎度おおきに」げらげら笑いながら、銀の盆に出前のコーヒーを乗せた邦ちゃんが入ってきた。

「役者が揃うた」と、経理課長がいった。「さあ、佐山君。昨夜の通りにやってみい」

「はい」浩八はさっそくズボンを脱ぎ、下半身をまる出しにしながら、邦ちゃんにいった。

「君は、あとまわしや」増田美智子をカウンターの上に引きずり上げた。「君が先や」浩八は彼女の事務服をむしりとり、スカートをまくりあげ、パンティをずりおろした。

総立ちになり、あきれて眺めている総務部の社員たちに、三宅が大声で説明をはじめた。

「ええ、せんずりィちゅう字はァ、手偏にィ上下とォ……」

行為に没入しながら、浩八は思った。

——やれやれ。これで今夜は、ぐっすり眠れそうや。

雨乞い小町

左京《さきよう》の南東のはずれにあるおれの家から、山科《やましな》の小野小町《おののこまち》の家までは、たいして時間がかからない。だから、よく遊びに行く。

遊びに行けばたいてい彼女の家には、良岑宗貞《よしみねのむねさだ》、文屋康秀《ふんやのやすひで》、安倍清行《あべのきよゆき》などといった歌人連中が集まっていて、酒を飲んだり馬鹿話をしたり、めちゃくちゃな和歌を作ったりして笑いころげている。

ところがその日は、常連が集まっているにもかかわらず、なんとなく座がしんみりしていた。みんな、黙って扇を使っているだけである。

「あら。男前がきたわ」と、小町がおれを見てそういった。今日は薄化粧だった。

いつもなら彼女のことだから、ここで色気たっぷりの軽口を吐いて一同を笑わせるのだが、今日はなぜかしら沈んでいるように見えた。淋《さび》しげに勾欄《こうらん》にもたれたままだ。

「業平《なりひら》。えらいことになったぞ」良岑宗貞が仰向《あおむ》けにひっくり返り、天井を見つめたままでおれにいった。

この男はめったに物に動じない男で、どんな騒ぎが起ろうと自らは客観的立場に立って、それを茶化したり、時には煽動《せんどう》して面白がったりする人間なのである。その宗貞が考えこんでいるのだから、事は相当重大であるらしく思えた。

「何ごとだ」おれは腰をおろしながら皆の顔を見まわした。

最年少の、文屋康秀の顔が見えなかった。

「康秀がいないな。彼の身に何かあったのか」と、おれは叫んだ。「駈《か》け落ちでもしたか」

「あなたじゃあるまいし」小町が笑った。「あいかわらず早合点するのね。それほどの重大事でもないわ」

おれは、ややほっとした。

「この業平にとって、えらいことというのはどうやら色ごとに関した事柄だけのようだ」

宗貞がおれを顎《あご》で指して、そういった。「話したって無駄だよ」

そういわれると、ますます聞きたくなるのが人情というものである。おれは宗貞に身をすり寄せた。「そんなこといわずに、教えてくれよ。なあ」

もちろん、仲間であるおれに話してくれないなどということはない。それはわかっているのだが、やはり多少の演技をして見せあわないと、お互いに面白くないのである。

宗貞はくすくす笑い出した。「やめろ」

常連の中ではいちばん真面目な安倍清行が、いつものように少し急《せ》きこんだ喋《しゃべ》りかたで話しはじめた。「朝廷ではついに、雨乞《あまご》いの和歌を天に捧《ささ》げることに決定した」

「ははあ。名僧知識たちの祈禱《きとう》も、効果はなかったか」おれはかぶりを振った。「無理もない。あのうす馬鹿坊主どものお祈りでは、竜神もお出ましくださるまいなあ」

「言ってやろ」小町が眼を丸くして一同を見まわした。「ひどいわねえ。うす馬鹿坊主だって」

今年――つまり承和《じょうわ》七年は、春ごろからひどい旱魃《ひでり》だった。梅雨期に入っても雨は降らず、この分ではまた、どえらい飢饉《ききん》が起りそうだった。事実、農作物はあちこちで、はや枯れはじめていたのである。

朝廷ではもうだいぶ前から諸神諸仏に祈禱をして、ありとあらゆる雨法を試みていた。だが、依然雨は降らなかった。

こういう際、雨の降る降らぬは時の天子の徳不徳にまでかかわりあってくる。もちろん、一年くらいの飢饉では天子はじめわれわれ都会人までが苦しむということはなく、困るのは常に百姓なのだが、百姓の信用がなくなると天子といえども、位が続くか続かないかの分かれ目になる。だから朝廷でもおおいにあわてているわけだ。

「しかし、歌を詠んで天に捧げるとは妙なことを考え出したものだな。ところで、その歌を捧げる歌人というのは、誰だ」

「ことは重大だから、朝廷の会議ではその人選でもめにもめた」と、清行がいった。「この宗貞にしようといったり、源融朝臣《みなもとのとおるあそん》がいいという奴もいたり、あんたの兄さんの在原行平《ありわらのゆきひら》がいいといい出す者もあり……そうそう、あんたの名前も出たそうだよ」

「こんな奴に雨乞いをやらせたらたいへんだ」と、宗貞がいった。「この色気ちがいがおかしな和歌を詠んでみろ。雨が降らずに淫水《いんすい》が降る」

「また、そんなお下品な」小町が眉《まゆ》をひそめて宗貞を睨《にら》んだ。「おつつしみください」

「それから、大伴黒主《おおとものくろぬし》の名前も出たよ」

全員が吹き出した。

「やらない方がましだ」と、おれは叫んだ。「あんなやつにやらせたら、きっと竜神の気にさわることをやって、カンカン照りになってしまうぞ。むこう十年ぐらいは雨が降らなくなる」

われわれが馬鹿話を始めると、必ず俎上《そじょう》にのぼされて悪口をいわれるのがこの大伴黒主である。むろん根は善良な人物なのだが、おっちょこちょいでお喋りで、常に舌禍《ぜっか》やトラブルのたねをまきちらしている。悪口をいって笑いあうにはこれ以上恰好《かっこう》の人物は他にない。この男はおれたちのグループに異常なほどの敵意と関心を持っていて、常にわれわれの行動を監視している。おれたちが揃って花見に行ったりなどしてしばらく家を留守にすると、どこへ行ったのかと近所の家で根掘り葉掘り聞いたりするそうだ。この敵意と関心の中には、自分がおれたちのグループへ参加させてもらえなかった嫉妬《しっと》もあるらしい。

黒主が、同じ歌人としてもっとも敵意を燃やしているのは、小野小町である。おっちょこちょいのくせに恥をかくのをいやがるから、また、どうせ振られるとわかっているから、他の男たちのように小町に恋文や恋歌をよせることはしなかったらしいが、幾分は惚《ほ》れてもいるようだ。ところが一方歌あわせの会などでは、しょっちゅう小町からやりこめられている。そこで可愛さあまって憎さがというわけであろう。小町が新しい歌を詠むたびに、あれは駄目だということを、そしてなぜ駄目かということを歌人仲間にふれて歩く。聞かされる方では彼のことをよく承知しているから、適当にあいづちを打ちながらも腹では笑っているのである。そしてさらにおれたちは、そんな噂を聞くたびにまた彼をサカナにして馬鹿話に興じるのだ。

「大伴黒主には、才能はあるが人望がない——これが彼の、人選からはずされた理由だ」と、清行は続けた。「それから、あんたが落選した理由は……」

「もういい」おれはあわてて、彼を押しとどめた。「いわれなくても、だいたいわかっている。そんなことより、結局誰に決ったんだ」

「わたしなんだってさ」小町が、投げやりな調子でいった。「竜神は男だから、女のわたしが詠めばお気に召すだろうということらしいわ」

「なるほどな」おれはうなずいた。「ただ、あなたは美人すぎるから、竜神はあなたに見とれてしまって、雨を降らす前に自分が落ちてくるんじゃないか」

「およしなさいよ。竜神に聞こえるわよ」やんわりとおれをたしなめてから、小町はまた顔を曇らせた。

「しかし、もしそれで雨が降らなかったら、どうなるんだろう」おれは心配になって、横たわったままの宗貞に訊《なず》ねた。

「大伴黒主が喜ぶだろうなあ」と、清行がいった。

「いや、あんなやつはどうでもいい。心配なのは藤原《ふじわら》一族のことだ」と、宗貞が眼を閉じたままでいった。「小町をいちばん強く推薦したのは、きっと帝《みかど》だろう。小町が和歌を天に捧げて雨が降らなければ、ますます帝の権威は失墜する。すると喜ぶのは藤原一門だ」

大納言良房《よしふさ》を筆頭とする藤原一門の専横は、今や目にあまるものがあった。一族の女を次つぎと親王の女御《にょうご》にとさし出し、閨閥《けいばつ》を作りあげ、男たちはすべて朝廷内の要職について勢力をひろげ、邪魔になるものはみな追い払われてしまっていた。采女《うねめ》だった小町が朝廷から追い出されたのも、彼女の美貌《びぼう》に嫉妬した藤原の女たちの仕業にちがいなかったのである。

もしも今、帝の権威が少しでも失墜するような事件があったなら、良房たちはしめたとばかりにますます政事に口出しするようになり、その専横ぶりがさらにはげしくなるであろうことは眼に見えていた。そしてまた、自分たちの一族の女たちが生んだ子を次の帝にする画策を始めるにきまっていた。

そんなことになればおれたちだって、ますます都に住みにくくなる。なぜならおれたちの仲間はほとんど反藤原派――つまり反体制側だったからである。

「責任重大だなあ」おれは小町に同情した。

「そうなの」彼女はほっと嘆息した。「わたしを選んでくださった帝のおこころざしはありがたいと思うけど、大役すぎるわ」

「しかし、逆に考えれば」と、清行がいった。「帝でなくても、たとえ誰が考えても、あなたを最適任者と指摘するんじゃないかね。これはお世辞じゃなく……」

まったく最近の小町の和歌は、仲間褒めなどではなく、すばらしいものばかりである。

だからこそ、彼女が一首詠むたびに、その歌はたちまち都中へ拡がり、口コミにのって次の日には誰知らぬ者がないくらいに評判になるのだ。もちろんこれを苦にがしく思っている藤原一族の女たちや、大伴黒主のような存在もあることはある。

「でもわたし、今すごいスランプなのよ」と、小町はいった。「このあいだの歌会でも、何も出てこなかったのよ。あの時はどうしようかと思ったわ。もらった短冊が赤かったから、いっそのこと『あかよろし』と書いてやろうかと思ったくらいだわ」

「そんなことを書いたら大変だ」と、清行が真面目な顔でいった。「だってこの時代には、まだ花札はない」

そこへ文屋康秀がやってきた。彼はおれたちの仲間うちでは最も歳が若いが、それだけに情報の収集能力もある。話題を提供してくれるのはいつも彼である。彼は今日は、おかしな男をひとり、つれてきていた。

「今日はおかしな男をひとり、つれてきました」彼はにやにや笑いながら、その男をおれたちに紹介した。「星右京《ほしのうきょう》という人で、自分は千年余りのちの、二十世紀という未来からやってきたといっています」

右京と名乗るその男は、なぜだか知らないがやたら不必要な大声で話す、よく肥《ふと》った男で、眼球がトンボのように大きく見える器具を鼻の上にくっつけていた。

「未来からきたんだって」宗貞がおどろいて、むっくり起きながら訊ね返した。「いったい、どうやって」

「時を遡行《そこう》する仕掛けの機械《からくり》に乗ってきたそうです」康秀はそういってから、右京に訊ねた。

「ええと、何といいましたっけ」

「タイム・マシンです」と、右京は答えた。「ところで、この人たちは何ですか」

康秀がおれたちを、順に紹介した。

右京は少しおどろいた様子だった。「良岑宗貞といえば、のちに僧正遍昭《そうじょうへんじょう》となられる人ですな」

「おれが坊主になるというのか」宗貞は苦笑した。「ありそうなことだ」

「だとすると」と、右京は続けた。「あと、喜撰《きせん》法師と大伴黒主を加えれば、六歌仙《ろっかせん》が揃うことになりますな」

「なんですか。その六歌仙というのは」と、清行が訊ねた。

「この時代に、もっとも歌がうまかった人六人をえらび、のちの世では六歌仙と称しているのです。もっともその中には、さらにのちの世から見て、たいしたことのない人も混っていますが」と、右京はべらべら喋《しゃべ》った。「つまりそれは僧正遍昭、在原業平、小野小町、文屋康秀、喜撰法師、大伴黒主の六人です」

「おれの名前がない」清行はがっかりしてうなだれた。「では後世、おれの名前は残らないのか」

「いやいや。もちろん残っています」右京は、なだめるようにそういった。「それどころか、あなたの歌が六歌仙以上のものだとする国文学者もいます」

「ふん」彼は少し機嫌をなおした。「お世辞じゃあるまいな」

「大伴黒主まで、六歌仙に入ってるの」小町はしぶい顔をした。「いやだわ。あんな人といっしょじゃ」

「そんなことといったって、しかたがないさ」と、おれは小町にいった。それから右京に訊ねた。

「のちのち、いちばん有名になるのは、この中では誰ですか」

「それはやはり、あなたと小町さんです」

「ふん」宗貞が鼻を鳴らした。

「やはり、美男美女は得ですね」と、康秀がお愛想をいいながら、手酌で酒を飲みはじめた。六歌仙のひとりになることが、よほど嬉《うれ》しいらしい。

「もっとも、あなたの場合は」と、右京がおれにいった。「和歌よりも、色ごとの方で有名になっています。歌の方は、それほど認められていないようですよ」

「それ見ろ。だからいつもおれが忠告している」得たりとばかりに宗貞が喋り出した。

「お前の歌はいつも、意あまって力不足、その上、自分に近い周囲の者や、流行の渦中にいる都の人間にしか判断できないようなものばかり詠んでいる。あれがいかんのだ」

「いや。おれは自分の歌を後世に残そうなどという気は毛頭ないから平気だ」おれは胸をはってそういった。「色ごとで有名になった方が嬉しい。おれが美男だったということの証明になる」

「ところが、今お顔を拝見した限りでは」と、右京はいった。「美男ぶりも、たいしたことはないようですな。二十世紀では、わたしの仲間にSF作家で筒井康隆というのがいますが、むしろその男の方が……」

「このひと、わりとずけずけものをいうわね」と、小町はいった。「では、わたしはどうなの」彼女は勾欄《こうらん》に肘《ひじ》をついてポーズした。

「あなたの場合は、和歌もよく知られ、美女であったことでも有名になっています」

「やはり、人柄のちがいなのね」彼女はじろりとおれを横目で見て、鼻高だかでいった。

「色ごとには無関心だから」

「もっともその点で、悪口もいわれていますよ」と、右京はつけ加えた。「膣閉塞《ちっへいそく》だとか、穴なし小町だとか」

「それは今でもいわれているわ。でもそれは藤原家の連中や、例の黒主だとかがひろめた噂なのよ」と、小町が弁解しはじめた。「わたしだって人なみに結婚したい気はあるの。だけど、わたしに恋歌を届けてくる男たちが、みんな揃いもそろってわたし以下の文才の持ち主ばかり。だから結婚する気になれないのよ。だって、いやじゃないの。そんな男の誰かと結婚したら、その男の人にとっても不幸だと思うわ。結婚生活だって、うまく行かないに決ってるわ」

「いかがです」と、おれは右京にうなずきかけた。「いやな女でしょう」

右京は巧妙に話をそらした。「あなたがたの誰かが、小町さんに恋歌を贈ったことだって、あるんでしょう」

宗貞が一同を見まわしながらいった。「いちおう、それらしいものはみんな贈っているな。なあに、それも口さがない都の連中に、話題を提供するためだ」

「ははあ。二十世紀のマスコミ文化人同士のゴシップ作りに似ていますな」と、右京はいった。そして酒壺《つぼ》の清酒を盃《さかずき》に注いだ。

「あんた。結婚なんかしちゃだめだよ」と、宗貞は小町にいった。「こうやって馬鹿話ができなくなってしまう。いやまったく、セックスなんかよりは、みんなこうして集まって他の連中の悪口をいっているのがいちばん楽しい」彼は不作法に袖《そで》をまくりあげた。

「われわれはすべて、反体制側にいます」と、清行が右京にいった。「だから集まって、権力者たちの悪口をいいあっているのです」

「ふうん。ヒッピーに似てないこともないな」ひとりごとのように、右京はそうつぶやいた。それからぐいと盃を乾《ほ》した。

「そうだわ」小町が、眼を輝やかせて叫ぶようにいった。「この人がほんとに、その二十世紀とやらの未来からいらっしゃったのなら、わたしの雨乞《あまご》いの効果もご存じの筈《はず》よ」

「そうだ」と、康秀も叫んだ。「それを聞きましょう」彼は厨子《ずし》から勝手に酒を出した。

「ああ、例の雨乞い小町という奴ですな」右京はうなずいた。「それならのちの世の語り草にもなっています。雨は降るのです」

「わあっ。うれしい」小町が喜んでとびあがった。単《ひとえ》ものの裾《すそ》がまくれあがった。

「だが、ちょっとお待ちください」と、右京がいった。「嬉しがらせてから水をさすようですが、時間の流れというものは単一ではありません。つまり、わたしの知っている過去と、わたしが今あらわれたこの過去とは、別の世界に属しているかもしれないのです」

「よくわからないわ」小町は首をひねった。

「説明しましょう」と、右京はいった。「わたしが二十世紀で読んだ歴史書では、たしかに小野小町が雨を降らせました。しかしその世界——つまりその歴史書の中には、星右京という人物は登場しません。ところが実際には、今、わたしはここにきています。すると、わたしが登場したために、歴史が変るかもしれないのです」

「それは、おかしいではないですか」と、宗貞がいった。「だって、雨が降っていなければ、あなたは雨が降ったという歴史書を読んでいる筈はないでしょう」

「そう。それがいわゆるタイム・パラドックスというやつです。ところがここに、このパラドックスを解決する理論がひとつあります。それがいわゆる多元宇宙理論です」

「なんですかそれは」清行が干魚を食う手をとめて訊《たず》ねた。

「この宇宙は、ただひとつの世界が一本の糸のような単一の時間の流れを追って進行しているのではなく、似たようないくつもの世界が時間の流れとからみあって進行しているのだという理論です」

おれには、わからなかった。「何がなんだか、さっぱりわからないよ」

「織物を考えればよろしい」と、右京はいった。「たくさんの世界が無数に平行して進行しています。これがタテ糸です。そのタテ糸を寸断し刻んでいる時間というものがあります。ヨコ糸です。わたしはタテ糸をさかのぼって過去へ戻るつもりが、からみあったヨコ糸のために、別のタテ糸へとび移ってしまったかもしれないのです」

「それでは、小町が雨を降らさなかった世界と、雨を降らした世界とが並行して存在しているというのか」宗貞は眼を丸くした。「それから、あなたがやってきた世界と、やってこなかった世界とが……」

「そうです」右京はうなずいた。「その他にもいろんな世界が、無数の事件の起った確率の数と、起るべき可能性の数だけ、無数に存在しているのです」

「それはもしかすると」と、おれは訊ねた。「どえらい数になるのではありませんか」

「無限に近い数です」と、右京は答えた。

「頭が痛いわ」と、小町がいった。

「信じられん」と、康秀がいった。

「だって、宇宙は広大無辺なのですから」と、右京は平然としていった。

「それだと困るわ」小町が裳裾《もすそ》の乱れをなおしながら向きなおった。「当然雨が降るべきだったところへ、あなたがやってきたために降らなくなったということも考えられるわけね」

「そうだ」と、清行が右京につめ寄った。「あんた。これは責任問題だよ」

「困りましたな」右京は考えこんだ。

「どうですか、右京さん」だんだん酔っぱらってきた康秀が、ろれつあやしくいった。「あんたは未来人だ。時間をさかのぼるような機械仕掛けを作れるくらいだから、雨雲を呼ぶ機械仕掛けだって作れないことはないでしょう」

「たしかに二十世紀には、人工降雨というのがあります」右京は困ったような表情で答えた。

「ドライアイスを飛行機から、雲にまくのですが、残念ながらこの時代では、どちらも作れない。材料がありませんからな」

「飛行機ですと」康秀が眼を丸くした。「空を飛ぶことのできる機械があるのですか」

「あります」

「うわあ」小町が憧《あこが》れるような眼つきで、夏空を見あげた。「飛んでみたいわあ」

「どんな材料が必要ですか」と、宗貞が訊ねた。「できる限り、集めますよ」

「金属が何種類か必要ですし、技術も必要です。とてもだめでしょう」右京は答えた。

「唐金《からかね》ならありますよ」と、おれはいった。「唐金と材木だけで作れませんか」

「グライダーなら作れるでしょうが」右京は悲しげにかぶりをふった。「わたしは航空力学に詳しくないんです。プラモデルでしか作ったことがない」

「それ以外に、雨を降らす方法はないんですか」清行は眉《まゆ》を曇らせた。

「一八一五年、ワーテルローの戦いで大砲をぶっぱなし続けた音が、雨雲を呼んだという話がありますが」右京はいった。「この時代で、いちばん大きな音を出すものは何ですか」

「銅鑼《どら》でしょうな」と、宗貞がいった。「しかし都には、数えるほどしかない」

「それではとてもだめだ」右京はまた、かぶりをふった。「わたしも気ちがい科学者《マッド・サイエンティスト》のはしくれ、乗ってきたタイム・マシンの中には、いくつかの機械を積みこんできています。それを組みあわせて作ったところで、せいぜいステレオ・スピーカー程度の音を出すものしか作れないでしょう」

「それ以外に、雨を降らす方法はないんですか」ますます悲しげな顔で、半泣きになりながら清行が訊ねた。

「ええと、そうですなあ。その他には」右京はまた、考えこんだ。「たしかヨウ化銀煙の発生装置を使い、ヨウ化銀煙を上昇気流に乗せて雲のあるところまで送る方法もあるようです」

「ははあ。それなら空を飛ばなくてすむから、何とか作れそうですね」康秀は調子よく浮かれて、歌うように叫んだ。「それを作りましょう、作りましょう」

「だってあんた」右京はびっくりした。「ヨウ化銀がないでしょう」

「銀なら、わたしが集めてきますよ」と、おれはいった。「最近、あちこちに銀山が開発された関係で、銀の装飾品がやたらに作られています。わたしの数十人のガール・フレンドが持っている銀の装身具をぜんぶまきあげてきたとしたら、ひと山かふた山はできるでしょう」

「銀じゃない、ヨウ化銀です」そう投げやりにいってから、右京は突然ぱっと眼を光らせ、庭さきの上空を睨《にら》みつけた。「銀がある。ヨウ化銀は AgI だ。銀が Ag でヨードが I だ。では、あとはヨードがあればいいのだ。ヨードはすなわち、沃素《ようそ》だ。沃素は何からとるのだ。沃素は……」彼は立ちあがった。「よろしい。やって見ましょう。煙の発生装置は、なんとか作れるでしょう。あなたがたにも手伝っていただきます」

「何をすればいいのです」と、おれは訊ねた。

「あなたはだから、銀製品を集めてきてください。装身具、銀器、銀貨、多ければ多いほどよく、また、純銀でなくても差支えありません。それから良岑宗貞さんは、多少科学的知識もおありのようだから、わたしが発生装置を作るのを手伝ってください。また、文屋康秀さん、安倍清行さんは、これからすぐ近くの海岸へ行き、海草を採集してきてください。採集した海草は低温で焼き、その灰だけ持って帰ってきてください。これも、多ければ多いほどよろしい。時間の許すかぎり、大量の灰を持ってきてください」

「わたしは何もお手伝いできないわ」どうやら人工降雨術の結果をそれほど信じてはいないらしい小町が、やや投げやりにいった。「明日は宮中へ参内《さんだい》、その次の日からは十七日間の斎戒《さいかい》に入らなければならないの」

「あなたは手伝わなくていい」と、宗貞がいいながら立ちあがった。「では、早速かかろうではないか」

全員が立ちあがりかけた時、小町が右京に訊ねた。「ちょっと待って。あなたの読んだ歴史書には、雨乞《あまご》いの時にわたしが詠んだ歌は出ていなかったの」

「出ていましたよ」

「それを教えて」

「カンニングだ」康秀があきれて、そう叫んだ。「ずるいぞ」

小町は康秀を睨んだ。「なにいうの。もともとわたしの詠んだ歌なんじゃないの」

「たしか、こうでした」と、右京はいった。「ことわりや日の本ならば照りもせめ、さりとては又天《あめ》が下とは」

「なんてへたくそな歌だ」おれたちは全員、口をあんぐり開いた。「それが小町の歌とは、とても信じられん」

「でも、そう書いてあったんだから、しかたがないでしょう」やや不機嫌に右京はいった。

「ほんとなんだから」

「心配しないで」小町はにんまり笑ってうなずいた。「それより、ちっとはましな歌を詠んでみせるわ。いくらスランプだって……」

さて、それから数日間のおれの活躍ぶり——銀製品をまきあげるために女たちの間を駆《か》けまわったおれの苦労をくだくだしく書くのはいやらしいから省略しよう。とにかくその戦果は天下の色男在原業平の名に恥じないだけの分量だった。星右京によれば、のちの世で業平と呼ばれた色男は数多くいるそうだ。本人としては尚《なお》さらのこと、その二枚目ぶりを証明して見せなければならない。

ひとことといっておこう。おれがこれほどまでに小町の雨乞いを成功させようと走りまわるのは、決して小町という女に尽すためではない。もちろん彼女は無二の友人だから、失敗はさせたくない。しかし決して彼女に惚《ほ》れこんでいるわけではなく、それよりはむしろ藤原一族の鼻をあかしてやりたい気持の方が多い。宗貞など、他の連中にしてもそうなのだ。

もっとも、おれは都一の美男であり、小町は都一の美女である。おれと小町が交際しはじめた頃、都の連中はさあ面白くなってきたとばかりに、おれと小町の恋のかけひきが始まるのを待ちかまえた。おれと小町は相談の上、彼らを失望させるのも気の毒だからというので、とにかく恋歌をやりとりすることにした。まずおれが、

「秋の野にささわけし朝の袖《そで》よりも、あはでぬる夜ぞひぢまさりける」

とやると、小町が、

「みるめなきわが身をうらと知らねばや、かれなであまの足たゆくくる」

と返した。

それから、お互いにびっくりした。どちらの歌も、あまりにも大向う受けを狙った意図がありありと見えすいていて、真情のひとかけらもなく、いやらしいことこの上もなかったからである。おれたちはあわててその歌を破り捨てた。それからはもう、仲間うちだからというので歌のやりとりは絶対にしないことにしたのである。男と女がいれば、友人であるだけにとどまる筈《はず》など、ぜったいにないという奴もいるが、おれたちほどになってく

ると恋愛以上の楽しみを交際の中に見出《みいだ》すくらいは何でもないことであって、さらに有名になろうとするための有名人同士のなれあいの恋愛の馬鹿馬鹿しさはよく知っているのだ。

まあ、そんなことはどうでもいい。話を続けよう。

おれが銀製品獲得に駈けまわり、清行と康秀が難波津《なにわづ》へ海草の灰をとりに行っている間、宗貞と右京は神泉苑《しんせんえん》の近くの野原に実験場とやらいう小屋を立て、その中でヨウ化銀煙発生装置や唐金のフラスコ、鉄のレトルト、凝縮器、沃素と銀の反応装置など、わけのわからぬ機械をいっぱい組み立てていた。

数日後、清行と康秀は供の者数人に海草の灰をぎっしり詰めこんだ袋をかつがせて京へ戻ってきた。そこでおれも、蒐集《しゅうしゅう》した銀製品を供の者二人にかつがせ、実験場へやってきた。この野原を実験場に選んだのは、小町が雨乞いをする雨法壇の設けられるのが、すぐ近くの神泉苑だからである。

おれたちは右京の指示にしたがい、海草の灰を粗く砕いて槽《おけ》に入れ、これに水を加えた。槽は右京の作った特製の槽で、彼はこれに逆流式浸出の術というのを使って浸出液を作り、蒸発させた。塩ができたのでそれを除き、残りを別の槽に入れた。濃縮させるため、さらに二、三日はこれを静置しておかなければならない。

小町はすでに斎戒に入り、雨乞いの行われる日は刻々と近づきつつあった。都はもう、その噂で持ちきりである。それによれば小町は、雨乞いの当日だけ、仮に従四位下《じゅしいげ》の位を授けられることになったらしい。どうせ授けるものならずっと授けちまえばいいのに、朝廷もけちなことをするものだ。どうせ藤原一族の指しがねだろう。

神泉苑の池には、すでに高く雨法壇が設けられ、金銀七宝でにぎにぎしく飾られていた。竜神にこんな金ピカ趣味があるとは思えない。これも藤原一族の趣味だろう。この神泉苑の池にはその昔、弘法《こうぼう》大師が雨乞いをした時に金色の蛇があらわれ、滝のように雨を降らせたという伝説がある。こんどは小町の色香に迷ったピンクの蛇が出るかもしれない。

さて、濃縮された液からは塩化カリの結晶とやらが出たのでこれを除き、右京がタイム・マシンに積んでいた少量の硫酸を加えてわずかに酸性にした。それを鉄のレトルトに入れて加熱し、出た沃素蒸気を凝縮器に導いた。できた結晶がすなわち沃素である。

この沃素すなわちヨードと銀を反応させるとヨウ化銀ができるのだが、このころから右京があわてだした。

「たいへんだ大変だ。今まで忘れていたのだが、ヨウ化銀煙発生装置を働かせるための動力がない」

「そんなもの、なんでもないじゃないか」と、だいぶ機械仕掛けの原理がわかってきたらしい宗貞がいった。「あんたの乗ってきた機械の動力を使えばいいんだ」

「そんなことをしたら、二十世紀へ戻れなくなってしまう」と、右京がびっくりして答えた。「エネルギーは定量しかないんだ」

「一生、ここに住む気はありませんか」と清行がいった。「ここも住めば都、なかなか楽しいですよ」

「そうだ。それにあなたの話に聞く二十世紀の世界よりは、こっちの方がずっとのんびりしている」と、おれもいった。「人情というものには、昔も未来も変りはありますまいが」「われわれで、あなたの世話をしましょう」と、康秀もいった。「友達になってあげます」「いやだ。いやだ」右京は、はげしくかぶりを振った。「二十世紀の方がいい」「では、動力をどうします」と、清行がまた眉《まゆ》を曇らせた。「人力エネルギーの発生装置を作ります」と、右京はいった。「できるかどうかはわからないが……」

彼はさっそく、滑車や歯車を材木で作り、組みあわせ始めた。野原のまん中に、異様な形の複雑な機械ができた。機械の一端からは長方形のながい跳板が突き出され、板の下には発条《ばね》がとりつけられた。この跳板の上に数人が乗り、ぴょんぴょん跳ねあがれば、それが機械仕掛けの内部でエネルギーとやらに変り、機械上部の装置の中のヨウ化銀を煙に変え、空へ舞いあげるという寸法らしい。

雨乞いの前日、われわれは人力エネルギー発生装置の試験を行なった。全員で跳板の上に乗り汗びっしょりになるまでぴょんぴょん踊り続けた。刺戟《しげき》的な異様な匂いのする黄色い煙がほんの少し立ちのぼっただけだった。「明日はもっと、人数を集めてこなければなるまいな」と、宗貞がいった。

さて、いよいよ雨乞いの当日である。

おれたちはそれぞれ、家の者数人ずつを従えて早朝から野原に集り、気流の向きをたしかめてから人力エネルギーの発生にとりかかった。

昼少し前、神泉苑へ見張りに出しておいた者が報告にやってきた。「雨法壇の下には、錦綾《にしきあや》の幕が張りめぐらされ、帝《みかど》を中心としてその三方には公卿《くぎょう》百官が列をただし、小町さまのおいでをお待ちでございます」

「そろそろ、はじまるぞ」と、宗貞が跳板の上でぴょんぴょん踊りながら叫んだ。「みんな、がんばれ」

しかし朝からのべつ踊り続けたため、みんなふらふらである。ヨウ化銀煙発生装置からは、なさけないほど少量のうす煙が、ぽかりぽかりと出ては夏空へ消えてゆく。これではとても、雨など降りそうもない。それでも全員、川へでも落ちたように全身汗でぐしょ濡《ぬ》れになりながら、ここを先途と息はずませてぴょんぴょん踊り続けた。

雨乞いの参列に遅れたらしい一台の肥馬軽車が、あわてた様子で野原へ駆けこんできた。それは、われわれの傍らでぴたりと停った。車から降りてきたのは大伴黒主だった。

「あんたたち、何してるのかね」

おれたちの気ちがいじみたありさまと、異様な機械を見て眼を丸くし、彼は近寄ってきてそう訊《たず》ねた。

「ちょっと、ね」宗貞は、わざと気をもたせるようにいい渋った。「人にはいいにくいようなことをやってるんだ」

穿鑿《せんさく》好きの黒主が、そういわれて納得するはずがない。もちろん、それを見越して宗貞はことばを濁したのである。黒主はさらに機械に近づき、跳板の上のおれたちを見あげて、訊ねた。

「この機械は、なんだい」

「これか、これは」宗貞は勿体《もったい》ぶって、重おもしくいった。「不老長寿の梃子《てこ》といって、海の彼方《かなた》より渡来した仕掛《からくり》だ」

「ほう」黒主は一瞬、疑い深そうにおれたちを睨《にら》んだ。「あんたたちは、小町の雨乞《あまご》いを見に行かないのか」

「あんなものは、どうでもいい」と、おれは跳板の上で叫んだ。「おのれの不老長寿の方がだいじだ。なにしろこの仕掛《からくり》は、今日一日しか使わせてもらえない。この御人が」おれは右京を顎《あご》で指した。「明日になれば故国へ持ち帰ってしまわれる」

雨乞いの儀式さえ見に行かず、夢中になって踊り続けているわれわれを見て、黒主はおれたちのことばを信じはじめた様子だった。

「人間は本来、不老長寿であるべきなのです」おれたちの意図を悟ったらしい右京が、おごそかな声でそういった。「ところがなぜ、若死にしたり病死したりするか。それは体内に毒素が蓄積されるからであります。世間気、常識、雑念、これらすべては毒素となり、肉体を腐蝕《ふしょく》するのです。この仕掛《からくり》は、それら毒素を、あれ、あのような黄色い異臭を放つ煙と変え、われわれの体内から追い出してしまうのであります」

「おれも乗せてくれ」と、黒主は叫んだ。

「ありったけの銀をお出しなさい」と、清行が叫んだ。「そしたら、乗せてあげます」

「出す出す」黒主は従者に命じて銀貨を出させ、さらに家まで、銀をとりに走らせた。

黒主を加え、おれたちはさらにヨウ化銀煙の発生に熱中した。

昼過ぎ、見張りの者がまた神泉苑から駈《か》け戻ってきて報告した。「小町さまの乗られた紫絲毛の車は、今、雨法壇の下に着きました。神泉苑は、小町さまの雨乞いをひと眼見ようとする大群衆で、黒山のようです」

「いよいよ始まるな」と、黒主が気がかりな様子でいった。

「なあに。雨なんか、どうせ降りゃしません」と、康秀がいった。「それより、不老長寿に精を出しましょう」

「うん。そうしよう」黒主は、不様な恰好《かっこう》で腹をつき出し、おれたちと調子をあわせて、さらにぴょんぴょん跳板を踏み続けた。

「おい。見ろ」宗貞がおれの脇腹を突《つつ》いた。

見あげると、いつのまにか頭上にはどんよりと雨雲が垂れさがりはじめている。

黒主を除く跳板上のおれたちは、にやりとうなずきあいながら、さらに腰と足に力を加えた。

「しめた」

見張りの者が戻ってきて叫んだ。「ただ今小町さまが、碧玉板《へきぎょく》に和歌を認《したた》められ、池へお浮かべになりました」

「その和歌とは」と、おれたちはいっせいに訊ねた。

見張りの者は答えた。「千早振る神も見まさば立騒ぎ、天の戸川の樋口あけ給へ」

「すごい歌だ」おれたちは一瞬、息をのんだ。「恐ろしいくらいのすごい歌だ。こういうものすごい歌を無視するとしたら、竜神はどうかしている」

その時、右京がひと声うめくと跳板からとび降り、掘立小屋の中へ駈け込んでいった。

「なんと」黒主が空を仰ぎ、あんぐり口を開いて悲鳴のような声を出した。「降ってきたぞ」

おれの鼻柱に、額に、水滴がぽつぽつとはじけ、やがてそれは小雨となって白い糸を引きはじめた。

「成功だ」と、おれは叫んだ。

「いや。これくらいの雨ではだめだ」と、宗貞はいった。「もっと降らなきゃあ。これっぽっちじゃ、屁《へ》の役にも立たん」

「みんなそこから降りろ」右京が、数本の黒紐《ひも》の束の先端を握り、掘立小屋から走り出てきながら叫んだ。「タイム・マシンの動力を使って発生装置を作動させる」

小町の和歌を聞いて心を動かされ、予定を変えることにしたらしい。

「それだと、あんたが戻れなくなるぞ」宗貞がおどろいて叫んだ。

「かまわん。さあ早く降りろ。もう、原子力モーターのスイッチを入れてあるんだ」彼はそう叫び続けながら、おれたち全員が跳板から地上へとび降りたのを見すまし、黒紐の束の先端を機械の下部に接続した。じんと腹にこたえる低い音を出し、機械がごとごと揺れながら唸《うな》りはじめ、誰も乗っていない跳板が、ひとりでにばたんばたんと、すごい勢いで眼まぐるしく上下しはじめた。

「や、これは魔法か」黒主は眼を見ひらいて、このさまを眺め続けている。

発生装置からは、もくもくと大量の黄色い煙が立ちのぼりはじめた。それに応じるかのように、雨はますますはげしくなった。

雨雲は雨雲を呼び、ついには雷鳴をともなった豪雨と変り、喜んであたりを踊りまわるおれたちの上に降りそそぎ、全員を濡れねずみにした。

「やあっ。これはいかん」黒主があわてて裳裾《もすそ》をたくしあげ、肥馬軽車に駈けのぼった。

「神泉苑の様子をひと眼見ておかねばならん。天候熟し招かずとも雨の降る時に歌を詠んだとは、小町めなんと運のいい奴。それいそげやいそげ」

おれたちが降雨術を使い、自分もそれに参加したことをまだ気づかぬ様子で、黒主は肥馬軽車を走らせ、あわてふためきながら神泉苑の方へ駈け去った。

雨はますますはげしくなってきた。

「成功だ」全員が叫んだ。「大成功だ。藤原一族の鼻をあかしてやったぞ」

もっともこれは、のちに右京から聞いたところによると、すでに近づきつつあった低気圧とやらの足を早めさせ、雨を降らせるきっかけを作ってやっただけだということだったが、結果としてはどっちでもいいことであって、雨はそれからさらに数日間降り続いた。

大地はうるおった。小町の評判は都の内外にますます高くなり、彼女は朝廷からいろいろの褒美をもらったらしい。

だがこのために、小町は藤原の女たちからますます憎まれることになった。これほどの手柄を立てていながら、彼女は朝廷に復帰することは許してもらえなかったし、以後彼女に対する朝廷の待遇がよくなったということもなかった。しかし小町は、大役を果したという安心感のためもあって、他のことはあまり気にしていないようだった。

藤原一族の専横ぶりはその後もますますはげしくなった。いちどなどは、藤原家の高子《たかいこ》というちょっとした美女を、女御にしようとしたのでおれは腹を立て、東五条院に住んでいた彼女を誘惑して、都から奈良へ向かって駈落ちしてやった。もちろん、すぐ追手に捕ってしまい、都へつれ戻され、おれは無理やり頭を丸めさせられた上、東国へ下向せよとの朝廷からの恩命で、都からも追い払われてしまった。

東国の僻地《へきち》を歩きまわって数年、都へ戻ってきた時は天皇の御代がかわっていた。そしてあきれたことに藤原一族は、あの当時おれとの浮き名で都中に評判になった高子を、いけずうずうしく女御にしてしまっていたのである。

また良岑宗貞は都に愛想をつかし、頭を丸めて僧正遍昭と名を変えていた。文屋康秀は三河《みかわ》の国へ赴任させられていた。

タイム・マシンの動力を使い果して二十世紀へ帰れなくなっていた星右京は、まだあの掘立小屋に住んでいた。彼はときどき小町の家へやってきては、おれと小町に、二十世紀へ戻りたい戻りたいといって、わあわあ泣いた。

小町はすでに中年のおばはんになっていたが、歌の方では例の花の色はなど多くの傑作を詠み続けていた。安倍清行とはやや疎遠になったが、おれは小町や右京とは、その後もながい間交際した。

ところがある年の夏、右京はふいに行方をくらましてしまった。掘立小屋へ行ってみたが、あの機械とともに彼の姿は消えていた。どこかへ旅立ったのかもしれない。あるいは新しい動力を見つけてある機械に乗り、二十世紀へ帰ったのかもしれない。だがおれには、はっきりしたことはわからなかったし、その後も彼の噂を聞くことはなかった。

小説「私小説」

「おい。こんど来た女中はひどく騒がしいな」と、能勢《のせ》灸太郎《きゅうたろう》は妻にいった。「鍋《なべ》の蓋《ふた》を落っことしたり、茶碗《ちゃわん》を割ったりする音が、のべつ書斎まで聞こえてくる。やかましくて仕事ができん」

灸太郎は六十一歳。作家である。若い頃からすでに神経過敏だったのだが年をとるにつれてそれはやや病的なほどになった。何か音がすると一行も書けなくなってしまうのである。

「どうもすみません」と、五十八歳のふさはおとなしく頭を下げた。「まだ台所になじまないからだと思います。気をつけさせます」

彼女が灸太郎と結婚した時、灸太郎はすでに若くして赤河馬派の巨匠といわれていた。結婚する前から彼女は自分の家族の誰かれに、そして結婚した後は灸太郎自身から、創作というものがいかに苦労の多いものであるか、作家というものがいかに孤独で、いかに常人の考えの及ばぬほど精神を酷使しなければならぬものであるか、だから作家に対してその周囲の者はいかに気を使ってやらなければならないか、いや、いくら気を使っても使いすぎではないのであるということをいやというほど聞かされてきていた。小説などあまり読んだことのない彼女はなるほど皆がそういうのだからきっとそうなのであろうと思い、それを三十年間忠実に実行してきた。灸太郎に仕事以外のことを一切やらせず、家事のあれこれに関する諸問題や隣近所親戚《しんせき》の噂話なども彼の方から話しかけてこない限り喋《しゃべ》らず、家の中で大きな音を立てぬよう気を使い、腫《は》れものにでもさわるような調子で彼に尽してきたのである。

まだ結婚したての頃、あまり肩が凝ったのでいささか甘え気分に揉《も》んで頂戴《ちょうだい》と夫に頼み、怒鳴りつけられたことがあった。おれは大作家なのである。大作家は即《すなわ》ち偉いのであってその大作家に対し妻であることに甘え肩を揉めとは何ごとか、そのような俗事をおれにやらせるとはもってのほか作家の妻にあるまじき言動まことにもって怪《け》しからんこのままでは先が思いやられると深夜に及ぶまで怒鳴り続けられた経験がある。

その頃は灸太郎も若く、名声に驕《おご》りたかぶっていたからこそ、それほどまでにかんかんに怒ったのだろうが、今でもたいして変りはない筈《はず》と思い、彼女はあいかわらず極端なまで夫に気を使い続けているのだ。

新しくきた女中というのは高校を出たばかりの十八歳で、つまらないことにもすぐけろけろと笑いころげるお茶目な子である。以前の女中は灸太郎が仕事のまっ最中、書斎の前の庭で、あろうことかあるまいことか水を入れたバケツをがらがっちゃがっちゃと蹴とばしてひっくり返した。灸太郎にいわせればその時彼は小説の最後の盛りあがりの最も大切な部分にさしかかっていて、しかもちょうど気分が高揚していて名文章泉の水の如く湧き出つつあったまさにその瞬間であったのだそうであって、その轟音《ごうおん》が天地を震撼《しんかん》させた時それら名文章のすべては彼の脳中からとんで出て雲散霧消してしまったという。その女中はむろん彼の逆鱗《げきりん》に触れてお払い箱になってしまった。だから新しくきた女中が大声で笑うたびに、ふさはどきりとするのである。女中は求人難であり、灸太郎が彼女をやめさせてしまうと、ふさはまた新しい女中を求めて当分は東奔西走しなければならないのだ。

ところが灸太郎の方にしてみれば、女中の笑い声の方は、さほど気にならない。いくら歳をとっても灸太郎とて男であり、若い女性の笑い声を聞けば気分がなごやかになる。仕事をしている時でも笑い声が聞こえてくると、超太軸のモンブランクのペン先の動きをとめて、何を笑っているのだろうと耳をそば立てるぐらいである。ところが同じ女中の立てる物音でも、ものを壊す音とかドアや襖《ふすま》を強くあけたてする音だと神経にさわるのである。勝手なものだと自分でも思うのだが、どうしようもない。これはひとつには動作の荒あらしさとか失敗とかは若さにつながるものであるから、自分がその若さに対して嫉妬《しっと》しているのではないかとも思えるのだ。最近の灸太郎は特に、若さに対して敵意を抱いていた。

某綜合《そうごう》雑誌からの依頼で、灸太郎は一年間ほど文芸時評をやることになった。三か月ばかり前、彼はその欄である若い作家の作品をとりあげ、この小説には嘘がある、こんなことが実際に起る筈はない、これにはいかにも作者自身がこういった経験をしたように書いてあるが、これはすべてでたらめにちがいないと評した。するとたちまち若い作家や評論家があちこちで彼のいったことに触れ、小説とはもともとでたらめなものであるという極論もまじえて虚構の面白味について行けぬ老作家は沈黙せよ、赤河馬派はもう古い、私小説くたばれ、なぜこんな老人に批評をやらせるのかという喧々囂々《けんけんごうごう》の反論ののろしをあげはじめた。予想していなかったことなので炙太郎はおどろいたが、次は夜も眠れぬほど腹が立ってきた。ひ若い奴らが何をぬかすか生意気な、ものごとを正確に文に綴《つづ》る基礎の修業さえ出来ておらぬ癖して何が虚構だ。小説とは即ち私小説にはじまり私小説に終るのであるぞと心中で罵《ののし》り続け、それだけではおさまらずついにがばとはね起きて原稿用紙に向かい一気呵成《いっきかせい》にえいと十数枚書きあげたものを善はいそげとすぐさま某誌に寄稿した。それを読んで若手連中がまたまた反論してきた。それではお前の書いているものはあれは何だ、あんなものはちっとも面白くない、私小説だと自慢するなら私小説に仕立てあげるべき作者の体験が必要だ、ところがお前はろくな体験をしていないから作品すべて老人のくりごとに終っている、若い頃はちっとばかり変った体験もしただろうが、それらはすべて若い頃に書き尽してしまっていて、今は何も書くことがなくて困っているではないか、私小説作家の行きつくところはそんなところだと、反論というよりはむしろ罵詈雑言《ばりぞうごん》に近い文章ばかりである。炙太郎はまたもやむかむかとしたが、それ以上論争を続けることはさすがに思いとどまった。相手は若僧どもである。同じ調子で論争すれば高校の教科書にまで作品が載っている大作家能勢炙太郎の品位にかかわってくるのだ。しかし炙太郎は、そういう計算をするということこそ、そもそも自分が老けこんだ証拠であるとも思い、若い連中の向こう見ずな血気が羨《うらや》ましく、それを羨んでいる自分に気がついてますます腹が立ってくるのだった。それは若い者への腹立ちでもあり、若さを憎みはじめた自分の老齢に対する腹立ちでもあった。

　老齢とはいえ、灸太郎の体力はまだまだ四十台の人間に劣ってはいなかった。少なくとも灸太郎は、自分ではそう思っていた。病気ひとつしていないし、大学時代に登山で鍛えたからだは頑強だったし、性欲もあった。今でも週に一度は必ず妻を抱いていた。だから灸太郎は、今だってやろうと思えば現代の柔弱な若い連中にできるくらいのことは自分にだってやれない筈はないと思っていた。ただ、体験を求めて家から外へ出かけるのが面倒になったことと、若い者同様の無茶をやって軽薄に見られるのを恐れているだけである。だが考えてみれば軽薄さこそは若さの象徴でもあるわけで、それを恐れていては新しい体験もできないではないか、灸太郎はそう思った。

　灸太郎は、若い頃こそ虚構を多く混えた作品を書きはしたものの、今それらを読み返してみるといずれも事実でない部分だけがいやにそらぞらしく、浮きあがって見える。だからそれに気がつきはじめて以来、つまり四十台初期からの彼の作品は、いずれも自分の身のまわりの出来ごとを写したものばかりである。そのうちに老人特有の瑣末《さまつ》主義があらわれてきて、たまに虚構を混えようとしてもどうしてもできなくなってしまった。中年の頃はそれでも町へ体験を求めに出かけていく元気はあった。バーの女を囲ったこともある。だがその女は若い男とどこかへ逃げてしまった。友人たちの家を歴訪したこともあるが、今ではもう何度会っても同じ話題しか出てこなくなってしまっていて、当然のことながらそれらもすべて書き尽していた。妻のこと、結婚した娘のこと、出入りの植木屋に関することなども同様である。

浮気をしてやろうか、と、灸太郎は思った。ちょうど新しい小説の依頼が、某文芸誌からきていた。そして灸太郎はその題材に困り果てている時だった。

浮気をしてやろうかと思った時、灸太郎の眼の前には、つい先日風呂場《ふろば》の横を通りかかった時ちらりと見たあの若い女中の太腿《ふともも》の白さが浮かんだ。あの子の名は郁子といったな、灸太郎はそう思い、彼女の顔を正確に思い出そうとした。額が広く、眼が大きく、唇は厚い方だった。髪は近所の美容室で最近はやりの短い髪型にしてもらっていた。そして小柄だった。うん、あれなら充分手籠《てご》めにできると灸太郎は思った。彼女が高校で国語の時間に灸太郎の作品を教わったことがあり、彼女は灸太郎を尊敬していること、灸太郎の家へ住み込めたことを名誉だと思っていることなどを、灸太郎は妻から聞いて知っていた。それが最近特にうまくなった若い女性のお世辞であるにしても、彼女がおれを大作家だと思っていることは確かであろう、とすると、たとえおれに手籠めにされても文句はいわず、むしろ喜ぶのではないだろうか、近頃の女性はそういったことをあまりくよくよ考えないというから、あと始末もしやすいのではないだろうか、灸太郎はそう思い、よし、やろうと決心した。

郁子というその女中を手籠めにするという考えは灸太郎を興奮させた。それは若さに対する挑戦でもあったし、自身の中の老けこんでいくものに対する挑戦でもあった。しかし灸太郎にとっては、もちろん第一に、新しく書く小説の題材を得るためだったのである。それによって彼は自分の若さを証明できるのだし、あの若い連中を見返してやることもできるのだ。今の若い連中には、女中を手籠めにするなどという力業はとてもできないだろうと灸太郎は思った。そう思うことにより、彼の決心はますます固くなった。

もし手籠めに失敗したら、彼女は妻に言いつけるかもしれなかったが、灸太郎はそれを恐れたりはしなかった。成功しても妻が悟ることはあり得るわけだし、悟られたからといってどうということもない筈だった。妻が彼を恐れていることを、灸太郎は充分承知していた。また妻は、作家にとって新鮮な体験というものがどれほど重要なものであるかを充分承知している筈だった。以前彼がバーの女を囲った時さえ妻は黙っていたのである。ほんの少しでも反抗の色を見せでもしようものなら、あべこべに怒鳴りつけてやろうと手ぐすねひいて待ち構えていた灸太郎は、いささか拍子抜けがしたぐらいである。おそらく実家の者や知人から、作家というものはそういうものなのである、いやむしろそうでなくてはならんのだ、いや、そうあるべきなのだと因果を含められたのであろう。またそれにもうひとつには、若い頃から灸太郎が彼女に施した教育の成果ででもあったのだろう。教育しておいてよかったと、灸太郎はつくづく思うのであった。

さて、次に灸太郎は女中手籠めの作戦計画を練りはじめた。灸太郎の書斎の机の上にはブザーの押しボタンがあり、それを押せば女中部屋でブザーが鳴り、郁子が用を訊《たず》ねにやってくるという寸法だが、どう考えても書斎へ呼びつけて手籠めにするのはまずいと思われた。なぜなら第一に書斎は灸太郎が仕事をする神聖な場所であり、女中強姦《ごうかん》などという俗事を行うにはふさわしくないところである。第二には、この部屋へやってくるからには郁子は身なりもきちんと整えてくるであろうから、当然肌着なども ひと通りは身につけているものと予想できるわけであって、それではまずいわけであって、これはやはり郁子が下着的に無防備であるような時と所を選ばねばならない。それが絶対必要条件であるとすれば時間は深夜、場所は女中部屋ということが他の何よりも優先的に考えられねばならず、すべての作戦はそれをもとに立てられるべきであろう。

家の中の間取りを考えてみると、廊下をはさんで書斎の向かい側が灸太郎とふさの寝室、その隣りが茶の間、そのさらに隣りが女中部屋だ。寝室の壁は神経質な灸太郎のために防音材を使ってあるから、郁子が相当抵抗したとしてもその物音はふさに聞こえぬ筈《はず》だから、手籠めの途中に邪魔が入ることはない筈だ。ふさが寝るのは十一時過ぎだが、郁子の方は何時に寝るのか灸太郎は知らない。しかし十一時半ごろには茶の間の電灯は消えているから、自室でラジオを聞いたり本を読んだりしたとしても一時には寝ているものと考えていいだろう。あまり明け方近くだと灸太郎自身が眠くなってしまう。灸太郎は決行の時間を午前二時と決めた。

その夜、灸太郎は、姦行を容易にするため書斎でステテコとサルマタを脱ぎ、つまり着物の裾《すそ》をさっとまくりあげれば何もかもまる出しになるよう前もって用意を整え、しのび足で廊下に出た。その時の様子を灸太郎は、のちに書いて某誌に発表した彼の小説「若い虫」の中で次のように描写している。

「深夜の二時とはいふが、いはゆる初秋だから、未だ暖い。それでも便所へ行かうとし、素足で廊下へ出ると、さすがに土踏まずがひやりとした。この廊下は、幅五尺の広さで、天井には、書斎を出た辺りに、二十ワットの電灯がひとつ、点《つ》いてゐるきりだから、はなはだ薄暗い。女中部屋の前まで来て、ふと、郁子はもう寝たかなと思ひ、襖《ふすま》の前で立止ると、軽やかな寝息が聞こえてきた。ああ、寝てゐるなと思ひ、また歩き出さうとした時、私は、襖の隙間から、常夜灯らしい、薄ぼんやりとした明りが、洩《も》れてゐるのに気がついた。その隙間は、柱と襖の間に出来たもので、必しも、立付が悪いと云ふのではなく、郁子と云ふその若い女中が、完全に閉めなかつた所為《せい》なのだらう。私の家は、建ってからすでに、二十八年を経てゐるのだが、未《いま》だに、敷居、鴨居、柱などと、建具との、合せ具合が悪い所は無い。この家を建てた大工と云ふのは……」

以下五十八行、炙太郎は自分の家がいかにがっちり建てられているかを書いている。また、それに続く約百三十行では、なぜ彼がその隙間から室内を覗《のぞ》きこもうとしたかというきさつと心の動きを書いている。つまり早くいえば邪心はなかったということであり、動機は単に無邪気な好奇心であったという説明なのだが、これは実のところ彼自身が襖と柱の間にわざと隙間を作って覗きこんだのであって、彼が書斎を出た時、便所へ行くつもりなど毛頭なかったことは、いうまでもないであろう。

「郁子は、あどけない寝顔を、こちらに向けてゐた。夢でも見てゐるのであらうか、かすかに微笑んでゐて、右の口もとに、窪《くぼ》みが出来てゐた。また、掛布団からは、鮮やかな桃色のネグリジェーを着た上半身を出してゐた。私は何時の間にか襖を開け、部屋に入って、彼女の布団の横に坐《すわ》り、孫娘を見る気持で、その、まろやかな、可愛い顔に、見惚《みと》れてゐたのだつた」

以下約百六十行、彼女の寝顔と寝姿の描写が続いているが、これは省略する。また、右の灸太郎の文章から省かれている部分を補足しておくと、郁子の「軽やかな寝息」というのは、いささか野獣めいた彼女のいびきと歯ぎしりのあい間に聞かれたものであり、口もとの窪みは微笑のためというよりは、むしろ大きく口を開いていたためにできていたものだった。また、「掛布団からは上半身」だけではなく下半身も出ていて、つまり布団を蹴ちらして全身まる出しだったわけで、しかも下半身の部分は「ネグリジェー」さえまくれあがり太腿はおろかピンクのパンティさえまる出しであった。灸太郎は何度もなま唾《つば》をのみこみ、ふるえる手で襖を開いた。襖は敷居にひっかかり、なかなか開かず、灸太郎の焦りも手伝ってがたがたと音を立てた。それでも郁子は高いびきだった。灸太郎の文章からは、彼がよほど長い間彼女の寝姿に見とれていたかのように感じられるが、実はそれはほんの数秒であり、彼はすぐに荒い息づかいで、のどをぜいぜいいわせながら郁子に襲いかかっていったのである。

以下はこの事件ののち、能勢家をとび出した郁子が、某週刊誌の記事「私は『若い虫』のモデルでした」の中でインタビューの記者に語っている部分から引用しよう。

「眼をさました時、先生の鬼のような、いいえ、けだもののような恐ろしい、いやらしい顔が、わたしの顔の上におおいかぶさってきていました。あまりのことに、わたしは気がちがいそうでした。ああ、今まで尊敬していた先生が、こんないやらしいことをなさるなんて……。わたしには、とても信じられませんでした。

『先生、ゆるして！』

わたしは夢ちゅうで、そういいました。寝室には奥さまが寝ていらっしゃるのです。助けを求めるため、わたしは悲鳴をあげることもできたのです。でも、わたしは自分の声を押しころしました。奥さまはほんとにいいかたなのです。あの奥さまを悲しませるようなことがあってはならない、わたしはそう思ったのです。でも、でも先生は、わたしのことを平気で、あのような小説に……なんのために……ひどい、ひどいわ。（泣きくずれる）」

郁子に襲いかかった時の灸太郎は、当然のことながら極端なまでに興奮していた。彼は眼ざめた郁子がおどろいて抵抗するのを、けんめいに組み伏せようとしながら、われ知らずあらぬことをわめきちらしていた。「よい小説を書くためじゃ。我慢せい。我慢せい」

「よしてったら。先生」郁子は起きあがろうとし、灸太郎の顎《あご》に手をかけ、ぐいぐい押しあげた。

「何をする。わしに抵抗するのか」灸太郎は完全に逆上し、破れかぶれの大声で叫んでいた。

「大作家能勢灸太郎の言いなりにならんというのか。ええい。ちょっとの間じゃ。辛抱せい。辛抱せい。これをやらぬことには、わしが小説を書けんのじゃぞ。せにゃならん。せにゃならん」

　この大声は家中に響きわたり、寝室で寝ていたふさは何ごとかと驚いてとび起きた。あわてて廊下に出て、襖を開けはなしたままの女中部屋から響いてくる言い争いの声に、はじめて事態を悟ったのである。このことは灸太郎も郁子も気づかなかったし、誰ひとり知らないことなのだが、実はふさは、女中部屋の前の廊下に佇《たたず》み、最後まで一部始終を立ち聞きしていたのだ。

「乱暴はおやめなさいったら。先生」郁子は抵抗しながらもくすくす笑い、ひどく大人びた調子でそういった。「奥さんに聞こえるじゃないの」

　灸太郎は一瞬、郁子の腕とネグリジェを握りしめていた両手の力を抜き、ぽかんとして彼女を見た。

「ああ痛かった」郁子は顔をしかめ、灸太郎に摑《つか》まれていた腕を振りほどいて撫《な》でさすりながら、しなを作った。「馬鹿ねえ、先生ったら。おまけに襖を開けっぱなしで」

「え。ああ。そうか」

　灸太郎はあわてて立ちあがり、襖を閉めてまた郁子の前に正坐《せいざ》し、彼女の顔をきょとんと眺めた。だがすぐに、これではならじと悟り、あらためて郁子にとびかかった。もっとも今度は、前ほど力を入れなかったし、郁子の方も、前ほど暴れはしなかった。それでも多少のぼせていた灸太郎は、枕もとの鏡台に額をはげしく打ちつけて天花粉の容器をひっくり返し、頭から浴びてしまった。

この辺を灸太郎は、こう描写している。

「眼醒《めざ》めた郁子と、私は、まるで子供に戻つたやうに、くすくすと笑ひながら、無邪気に巫山戯《ふざけ》て、辺りを転げまはつた。もし誰か見てゐる人がゐたとしたら、見る人によつて、それは、親娘のやうでもあつたらうし、また、すべてを許し合つた、恋人同士のやうでもあつたらうが、正確には、どちらとも云ふことの出来ぬ、奇妙な情景であつたに違ひなかつた筈である。私は、転げまはつてゐる最中に、うつかりして鏡台で頭を打ち、シッカロオルの粉を浴びてしまつた。それは、郁子の顔にもかかり、私たちは、あちこち白くなつた、をかしな顔を見合はせて、また声をしのばせ、笑ひ合つたのだつた」

実際はあちこちどころではなく、ふたりとも化物のようなまっ白けの顔になっていたし、しかも、あたりいっぱい粉のもうもう立ちこめる中で激しく咳《せ》きこみながら手籠《てご》めの場を演じていたのだから、とても笑いあう余裕などなかったのである。

「お互ひの、年齢の差を忘れた、私と郁子が、結ばれたのは、考へて見れば、ごく自然の成行であつたと云へやう。郁子は、私に抱きついたまま、じつとして、呻声《うめきごえ》すら立てなかつた。ただ、眼を閉ぢてゐるだけであつた。若い彼女の匂ひは、すがすがしい朝の匂ひであつた」

さすがに大作家としての品格を崩さず、灸太郎はこの部分をただこれだけで終らせている。しかし補足することはたくさんある。まず第一に、郁子の口は晩飯のおかずのブリの匂いがしていた。そして第二に、灸太郎と郁子が「結ばれる」までには相当手数がかかったのである。

　灸太郎は自分のポテンツに自信を持っていた。だから計画を立てている時には、いざという時にそれが機能不全に陥るなどという事態を考えもしなかったし、当然、そういう時はどうするかという対策を立ててもいなかった。だが、それは起った。彼は自己の肉体の、この突発的な裏切り行為にうろたえた。そしてあせった。そのため、ますます萎縮《いしゅく》した。形相《ぎょうそう》すさまじく灸太郎は己れの意志をその部分に伝達しようとした。郁子も傍らから手伝った。だが、どうにもならなかった。灸太郎はやがて郁子の冷やかな視線を浴びながらすすり泣きはじめた。くやしかった。

　郁子はそんな灸太郎に少し哀れをもよおしたか、彼を慰さめはじめた。「悲しまないで。男のひとがそんな風になるのは、よくあることらしいわ。女性週刊誌にそう書いてあったわ。先生がそんなことになってしまったなんて、わたし、誰にもいわないわ。黙っていてあげます。ね。だからもう泣かないで。そこのところは先生の好きなように書けばいいじゃないの。さ。涙を拭《ふ》いて」

　郁子がさし出したクリネックスでちんと洟《はな》をかみ、灸太郎は子供のようにこっくりとうなずいた。性行為の描写を、最近のマスコミ作家のようにくだくだしく書くつもりはなかったから、どうにでもごまかせるだろうと思い、灸太郎は自分を納得させた。

　郁子が立ちあがり、二〇ワットの蛍光灯《けいこう》をつけた。

まさにその時である。灸太郎は見たのだ。郁子が布団の中で読んでいたらしい、枕もとの一冊の本を。それこそは、灸太郎が先日書評欄でとりあげ、こきおろした、あのひ若い作家の小説だったではないか。

灸太郎の自我の底に、ふたたび攻撃欲がむらむらと湧き起ってきた。その攻撃欲はたちまち征服欲に変化した。攻撃欲を征服欲に転化させやすい意識構造を持っていたからこそ、灸太郎は今日、文壇の一部を自分の勢力範囲に治めることができたのである。灸太郎は勃《ぼっ》起《き》した。彼はうおっと叫び、三たび郁子を押し倒した。

「馬鹿野郎。馬鹿野郎」と、彼は叫び続けた。「くそ。小生意気な小僧っ子めらが。馬鹿野郎。馬鹿野郎」

遂《つい》に時刻は午前四時十二分であった。

それから二か月半ほどのち、能勢灸太郎の新作書下し中篇「若い虫」は、発行部数三万部の文芸誌に発表された。これはたちまち文壇ジャーナリズムで大評判になった。なにしろそれまで書斎にとびこんできた虫のことであるとか、電車に乗った時に向かいのシートで乗客たちがしていた会話であるとか、家へやってきた編集者との問答などばかりを書いていたこの大作家が、女中との密通を堂々と描いたのである。これは事実か虚構かの議論が編集室やバーや出版記念パーティの会場などで大いにたたかわされ、灸太郎の家へは入れかわり立ちかわり編集者や記者が創作の内幕を訊《き》きにあらわれ、郁子は好奇の眼でじろじろ眺めまわされることになった。そして灸太郎は、それが事実であることを否定しなかった。さすがにふさの手前、郁子は能勢家に居づらくなり、出ていってしまった。女性週刊誌に、郁子のインタビュー記事がでかでかと掲載されたのはその直後である。

その記事を読み、郁子のことばから、能勢灸太郎が彼女に手を出したのは私小説のネタを得るためであったと知って喜んだのは若手作家、若手評論家連中である。やれ私小説の衰退ここに極まれりの、古今未曾有《みぞう》の疑似《ぎじ》イベント文学の、事実のでっちあげにのたうちまわる老大家が醜悪無残な最後っ屁《ぺ》のと、文芸誌の批評欄やゴシップ欄を借りて冷笑嘲笑《ちょうしょう》いや味に悪罵《あくば》、はては座談会まで開いてサカナにしたものだから、今度は新聞や一流週刊誌までが争ってこのスキャンダルを記事にしはじめた。すでに女性週刊誌の方で悪人に仕立てあげられていた灸太郎は、ここでもまた老大家としての権威を踏みにじられてしまったのである。

最初郁子の記事が出た時、文芸誌編集者のご注進で、その女性週刊誌を読んだ灸太郎はかんかんに怒った。自分だけいい子になって、恩を受けた以前の主人を悪漢扱いするとは何たることとか、最近の若い女はなっておらん、思えば昔の女中はよかったなどと口走り、これがまた記事になったものだからたまらない、ＰＴＡや主婦連をはじめ若い女性たちからも猛攻撃を受けることになってしまった。この男は処女の貞操を踏みにじった野獣である、だいたい女中とは何たる侮辱的な呼びかたであるか、今はハウスキーパーというのである、こういう男の書いたものを教科書に載せていては日本文化の恥だ、文部省はすぐ教科書を変えろと連日の新聞投書欄や婦人雑誌でヒステリックに絶叫し、ついにはこれに同調する教育者や社会評論家まで登場して、問題は次第に大きくなってきた。そして灸太郎は怒りのため神経がますます過敏になり、雑誌関係者のすべてを敵と思いこんで、家へやってくる記者たちには絶対に会おうとしなくなったため、ますますマスコミの反感を買うことになったのである。

この騒ぎの間も、ふさは黙って、ますます横暴になってくる夫におとなしく仕えていた。灸太郎は事あるごとにふさに当りちらし、がみがみと怒鳴りつけ、そのことばも次第に口汚くなってきた。そのくせ自分が書斎にとじこもっている時、ふさが家の中のどこかで物音をことりとでも立てようものなら、たちまち気ちがいじみたヒステリーを起して荒れ狂うのだった。「若い虫」の映画化権を買っていた映画会社が、郁子を主役にしてクランク・インしたという新聞記事を読んだ時など灸太郎は、台所で小さな物音を立ててしまったふさに、うるさいと叫んで茶の間から丼鉢《どんぶりばち》を投げつけた。それでもふさは、ただあやまり続けた。彼女は次第に無口になった。以前から無口だったのが、よほどのことがない限り喋《しゃべ》らないようになり、今ではもう彼女の口から出るのは灸太郎に詫《わ》びることばだけだった。このころからふさは、味噌汁《みそしる》のだしにゴキブリを使いはじめていた。だが灸太郎は、毎朝味噌汁をのみながらそれに気がつかなかった。

その日、ふさは、いつものように、圧力釜《がま》で飯を炊いた。火からおろした釜を、彼女は横抱きにして、ゆっくりと廊下を書斎の方へと歩いた。圧力釜は重く、火からおろしたばかりで火傷《やけど》をしそうなほど熱かったが、ふさは平気だった。書斎では灸太郎が、庭に面した坐机に向かい、静かに読書していた。用があって呼んだ時以外は書斎へ入ることをふさに固く禁じている灸太郎は、彼女が声もかけず、黙って入ってくるなどとは夢にも思っていなかった。しかもふさは、音を立てずに襖《ふすま》を開き、音を立てず灸太郎の背後にしのび寄ったから、絶対に誰も入ってこないと信じ切っている灸太郎がそれに気づく筈《はず》はなかったのである。ふさは炊きたての飯がぎっしりと詰まった重い圧力釜を両手で頭上に振りかざし、灸太郎の脳天めがけて力まかせに叩《たた》きつけた。木魚を叩き割ったような音が家中に響きわたった。反射的に、灸太郎はさっと立ちあがり、庭に向かって直立不動の姿勢をとった。だしぬけの衝撃を受けた者が起す反射運動だった。打撃の一瞬の激痛が、灸太郎の舌を口からとび出させ、それは顎《あご》の下までだらりと垂れさがった。砕けた頭蓋骨《ずがいこつ》の破片が灸太郎の大脳の数か所に食いこんだ。灸太郎の眼球はすぐにくるりと裏返り、白眼になった。その表情、その姿勢のままで、灸太郎はしばらくじっと立っていた。やがて彼は棒のように、机の上へ俯伏《うつぶ》せに倒れた。

翌日、文芸誌の編集者がやってきた時、ふさは倒れた灸太郎の傍に坐《すわ》って、圧力釜を抱きしめたままましきりに何ごとか詫び続けていた。「すみませんでしたねえ。まだ台所になじまないもので」

ぐれ健が戻った

古いタバコ屋。

軒さきから、雨水が垂れて漬物樽《だる》の中に落ちこんでいる八百屋。

その次が、駄菓子と文房具をいっしょに売っている店。

そのかどをまがって、庇《ひさし》をくっつけあった向かいあわせの長屋の間の路地を通り、つきあたった小さな家——それがおれの家である。

六年ぶりの帰宅だった。

市内とはいうものの、都心副都心からはだいぶはなれた、国電駅前の商店街の近く。ごみごみしたそのあたりのたたずまいは、おれが家をとび出した頃と少しも変っていなかった。でかいマンション群の陰にひっそりとうずくまっているわが家を想像していたおれは、やや、ほっとした。

どぶ板の上に立ち、おれはわが家の格子戸に手をかけて、ふと、ためらった。癇癪《かんしゃく》持ちの父親の、がみがみと怒鳴る声を思い出そうとして、しばらく考えこんだ、だが、思い出せなかった。

思い出せないのをいいことに、手っとり早く格子戸をあけようとした。ためらっていても、しかたがないと思ったからだが、ためらった時間よりは、実際に格子戸をあける時間の方が、ずっとながくかかった。

格子戸の立てつけの悪さに、親ゆずりの癇癪が起った。

「ただいま」

腹立ちまぎれに、必要以上のでかい声でそう叫んでしまい、あわてて首をすくめ、おそるおそる三和土《たたき》に入りこみながら、おれはうす暗い家の中に眼をこらした。

玄関から奥の茶の間までは、細い廊下があり、廊下の左は六畳の間で、親父が仕事場にしていた部屋、右は押し入れである。六畳の襖はいつものように閉まっていて、家の中はひっそりとしていた。

誰もいないのか、と、一瞬思ったが、そんなことはない筈と思い、おれはまた叫んだ。

「ただいま」

妹の節子が、茶の間から廊下へ走り出てきて、おれの顔を見て立ちどまり、笑顔になった。

「やっぱりね」彼女は茶の間をふりむいて叫んだ。「お父ちゃん。健兄ちゃんが帰ってきた」

「健か。やっぱり戻ってきたか」親父の声は意外におだやかだった。「入ってこいといってやれ」

おれは廊下にあがり、小声で節子にたずねた。「皆、いるのか」

「うん」節子はうなずいた。「お父ちゃんもお母ちゃんも、槇姉ちゃんも、みんないるわよ。それから、信兄ちゃんのお嫁さんもいるのよ」

「へえ。信二が嫁をもらったのか。それで、信二はいないのか」

「信兄ちゃんはガソリン・スタンドへ働きに行ってて、まだ帰ってきていないの」

おれは両手で節子の両肩を背後から摑《つか》み、彼女を盾にするような恰好《かっこう》で廊下を歩き、茶の間に入った。茶の間も昔と変らず、古い藁《わら》の匂いがした。

卓袱台《ちゃぶだい》をかこみ、親父とおふくろ、それに出戻りの姉の槙子がいた。信二の嫁という女はいなかったが、台所から茶碗《ちゃわん》を洗う音が聞こえてきていた。

こちらに背を向けていた父が、首だけおれの方にねじまげて、にやりと笑った。「健。だいぶ派手にやったそうじゃねえか。新聞にでかでかと載っていたぞ」

「まあ、こっちへおすわりよ」と、おふくろがいった。

「うん」おれは、おふくろと姉の間にすわった。

「お前のことは、あれからも人づてに、いろんなことを聞いてたんだよ」と、おふくろはいった。「いずれ、あんなことになるだろうとは思っていたよ」

「あんた、何人殺したの」と、女のくせにやたら気の強い姉が、平然とした表情でそう訊《たず》ねた。

「ふたり、かな」おれは首をかしげた。「でかい喧嘩《でいり》だったから、はっきりとは憶《おぼ》えていない。でも、二人は殺している筈だ」

「組長さんは、大丈夫だったのかい」と、おふくろが訊ねた。

「あの人があれぐらいのことで死ぬもんかい。大丈夫だ」

「最初、新聞で、組長さんがハマで大場組の若え奴《わけえやつ》に刺されなすったてえ記事を読んで、ああ、こりゃもう、近《ちけ》えうちにでけえ喧嘩《でいり》があるに違《ちげ》えねえと思ってたんだ」親父がうなずきながら、そういった。「組長さんに惚《ほ》れこんでるお前のことだ。きっと仕返しに行くだろうってな」

「お前はちいさい時から、信二がよその子に泣かされたっていうと、必ず仕返しに行ったもんだよ」と、おふくろがいった。

「おれ、あの時は、組長とずっといっしょにハマをまわってたんだ」おれは説明した。

「映画館の前で、組長から銀行まで行ってきてくれっていわれて、おれ、使いに行ってたんだ。組長は、その間に刺された。ほんの十二、三分ぐらいの間だ。戻ってくると、組長は刺されていた。刺した奴は逃げてしまっていて、近所にゃいなかった。組長と商談していた映画館の事務員は、ふるえあがってしまっていて、何を訊ねても、わたし何も知りません、何も知りません、てんで話にならねえ。モギリの女の子が犯人の顔を見ていてくれて、人相を教えてくれた。それで、大場組の若え奴だってことがやっとわかった。最近は女の子の方がよっぽどしっかりしていやがる。男の奴は駄目だ」

「そうよ。姉ちゃんみたいに凄《すご》いのもいるわよ」と、節子が生意気な口調でいった。

「そうさ。姉ちゃんなんか、女だてらに人を刺したんだものね」と、おふくろもいった。

姉の槇子は、嫁に行った先の呉服屋で、亭主の浮気を憤り、相手の女中の眼を火箸《ひばし》で刺して片眼にしてしまったのである。

「ふん」と、姉が鼻さきでせせら笑った。そして、おふくろにいい返した。「わたしの気短かはお母ちゃん譲りじゃないの。お母ちゃん、ひとのこと言えないわよ」

「まあまあ。内輪もめするんじゃねえ」と、親父がいった。「どうせうちの者は、みんな気短かよ。癇癪持ちよ。そんなこたあ、今さら言わなくったってわかってるじゃねえか」

親父は、おれに向きなおった。「それより、喧嘩《でいり》の話を聞かせてくれ」

おれが話を続けようとした時、台所から信二の嫁が出てきて、卓袱台の上を片づけはじめた。おれは、この女の顔を見るのははじめてである。

「ははあ。これが信二の嫁か」眼尻《めじり》の切れあがった彼女の顔を眺めながら、おれはそういった。

信二の嫁は、むっつりと黙りこんだまま、片づけものを続けている。

「美人でしょ」と、節子がにやにや笑いながらいった。

「ううん」おれは唸《うな》った。「美人にはちがいないが、なんだかこの女も、えらく気が強そうじゃねえか」

「そりゃまあ。信二の嫁になろうてえ女だ。気が強くなくちゃ勤まらねえ」と、親父が嫁を弁護した。「しかし、悪い女じゃねえよ」

「いいや。わたしゃどうも感心しないね。この女」と、おふくろが遠慮なしにずけずけといった。「腹の中じゃ何考えてるか、わかったもんじゃない」

信二の嫁は立ちあがり、鼻歌をうたいながら台所へ去った。

「信二の奴、あの女とどこで知りあったんだ」おれは姉に、そう訊ねた。

「女だてらに、大衆食堂で土方と喧嘩してるところを、信二が助けてやったんだって」姉はくすくす笑った。「あの子、することや言うこと、わたしにそっくりよ」

姉も嫁入り前はよく、このあたりの商店街をうろついているチンピラたちと喧嘩していた。いつも、それを助けに駈《か》けつけたのはおれと信二だったのである。

「さあ。それからどうしたんだ」親父がおれに、また話の続きをうながした。

「お父ちゃんたら、ほんとに喧嘩の話が好きねえ」節子がくすくす笑った。

「おれはそれからすぐ、組の若い奴ら四人をつれて大場組の事務所へ行った」と、おれは話を続けた。「事務所には大場と、それから幹部の若い奴五人がいた。奴らはみんな、おれたちの顔を見るなり血相を変えて立ちあがりやがった。無理ねえや。血相ならこっちだって変っていた。それでもさすがに大場てえ社長、あいつは古狸だ。おれを見てにやっと笑いやがった。『酒上んとこの健じゃねえか』そうぬかしやがったんだ。『どうした。そんなに血相変えて。何かあったのか』とぼけやがった。『あったもくそもねえや。大場。うちの社長を刺したあんたのところの杉原っていう若い奴、すぐここへ出して貰《もら》おうじゃないか』おれは、そういってやったんだ。すると大場の奴、おれのうしろの若い奴らをじろっと見て『そりゃまた、何てえことというんだ。頭を冷やして出なおしてこねえか。杉原なんて奴がうちの組にいるのかどうか、そんなことはおれは知らねえ。とにかくここへは、そんな奴はこなかった。どこか他所《よそ》を捜せ』そういって、ぷいと横を向きやがった。おれはかっとなった。『よし。いたらどうする』っていいながら、部屋の中へ入ろうとした。向こうの若い奴らが、全部いっせいに立ちあがった」

「ふん。それで」喧嘩好きの親父が、思わず身をのり出した。

信二の嫁が、ふたたび茶の間へ出てきて、こんどは卓袱台に向かって尻《しり》を据え、茶を飲みはじめた。

「ふん。片づけものはほったらかしで、茶ばかり飲みくさって」おふくろが露骨に顔をしかめ、毒づいた。

「そんなに言わなくたっていいじゃないの」姉が、嫁の肩をもっていった。「今まで台所で、片づけものをしてたんじゃないの」

「お前、嫁の悪口はいい加減につつしめ」と親父がいった。「毒舌がもとで身をほろぼした癖に、まだなおらねえのか」

おふくろは、喧嘩相手の肺腑《はいふ》をえぐるような毒舌が得意なのである。

「今さらなおしたって、しかたがないじゃないか」と、おふくろは悲しげにいった。

「大場が、さすがに顔色を変えやがった」おれは話を続けた。「『どうするつもりだ。出て行け。それ以上、一歩でも入ってきやがったら、お前ら、五体満足のままでこの事務所を出て行けねえぞ』『でけえことというじゃないか。大場』おれ、そういってやった。『できるものなら、そうしてもらおうじゃあねえか。おれたちは勝手に、中を捜すからな』おれと若い奴ら、どかどかっと部屋の中へふみこんだ」

「それで」

「大場組の若い奴で、いちばん気の荒い木島とかいう気ちがいが、脇差《どす》抜くなりおれの頭めがけて斬りつけてきやがった。だからおれは、すぐに拳銃《はじき》を出してぶっぱなした。木島の顔が、ぱしゃっ、といって赤い点々になってとび散った。それを合図に、うちの若い奴ふたりが、同時に拳銃《はじき》を出して撃った。向こうはいっせいに伏せた」

「ふん。それで。それで」

信二の嫁が大きなあくびをした。それから畳の上へ、ごろりとひっくりかえった。

「あ。何て恰好しやがる。この女《あま》は」と、おふくろが罵《ののし》った。

嫁は寝そべったままで手をのばし、テレビのスイッチをひねろうとした。

その時、がらり、と玄関の格子戸を開く音がした。

「誰かしらん」姉が耳を立てた。

「信二じゃねえか」と、親父がいった。

「ううん」節子が、かぶりを振った。「兄ちゃんが今ごろ帰ってきたりするもんですか。仕事が終ってからでさえ、あっちこっちほっつき歩いて、なかなか戻ってこないじゃないの。いつも」

「だあれ」信二の嫁が大声でそう叫び、ぱっと立ちあがると、どんどんと、足音荒く玄関へ出ようとした。

節子がすわっているところを通ろうとしたので、節子はあわててよけようとしたが間にあわず、信二の嫁は、節子のからだを通り抜けて廊下へ出ていった。

節子は気持悪そうにもじもじした。「いやだわ」

「わたしはもう平気よ」と、姉がいった。「馴《な》れちゃった」

「あんた。どうしてこんなに早く帰ってきたの」玄関で、信二の嫁がびっくりしたような声を出し、訊《たず》ねていた。「仕事はどうしたのよ。まだ終ってないんでしょ」

「やっぱり信二だ」親父がいった。「何かあったんじゃねえか」

信二が茶の間に入ってきて、おれのすぐ横にでんと尻を据えた。

「客と喧嘩した」彼は鼻息荒くそういって、がぶがぶとぬるい茶を飲んだ。「なま意気な女だった。どうせどこかのバーのホステスだろう。最初のうちは、がみがみと言いたいだけのことを言わせておいてやった。そのうちに、猛烈に腹が立ってきたから、ホースで服へガソリンをぶちまけてやった。上等のミンクのコートがまっ黒けだ。あの分じゃ洗濯しても駄目だろう。泣いてやがった。面白かったぞう。すっとした」

「いつかはやるんじゃないかと思ってたよ」おふくろが溜息《ためいき》まじりにいった。「この不愛想で喧嘩早《けんかっぱや》い子に、ガソリン・スタンドのサービスマンなんてことが本当に勤まるんだろうかってね。最初からそう思ってたんだよ、わたしはね」

「それであんた」姉のからだの中へ割りこんできて信二の横に腰をおろした嫁が、無表情に訊ねた。「ガソリン・スタンドの方は」

「クビだ」信二はあっさりと答えた。「給料が安いのに、客にだけはぺこぺこしなきゃならねえ。馬鹿ばかしい。あんな仕事、できるもんか。あれは男のする仕事じゃねえや。こっちから願い下げだ」

「えらそうなこと吐《ぬ》かしやがる」親父が吐き捨てるようにいった。「手に技術をひとつも持ってねえ癖しやがって、仕事のより好みのできる身分じゃねえや。近頃の若え奴《わけ》は、みんなこうだ。気に食わねえ」

「あんたはそんなことというけど」おふくろがいった。「あんただって、何度棟梁《とうりよう》と喧嘩してとび出したかわからないじゃないか」

「ねえ。それじゃいったい、明日からどうする気なのよ」信二の嫁が、不貞腐《ふてくさ》れてごろりと畳へ寝そべった夫に、掻《か》き口説くような調子でそういった。「米屋の払い、明日なのよ。どうするの。もう待ってくれないわ、これ以上。あああ、あと一週間でお給料だったっていうのに」給料のことをやっと思い出して、嫁は眼尻を吊《つ》りあげ、信二のからだを揺さぶった。「そうだわ。あんた。今日までのお給金、まさか貰ってこなかったんじゃないでしょうね」

「馬鹿いえ」信二は鼻さきで笑った。「そんなもの、くれるもんか。こっちからやめたんだものな。あのミンクのコートは、ガソリン・スタンドで弁償するそうだ。給料から天引きされて、これから先何年も勤めるよりは、やめちまった方がましじゃねえか。ふん。勝手にしやがれ。弁償したかったら、勝手にすりゃいいんだ」

「あんた」嫁がヒステリックにそう叫び、信二に向きなおって正座した。「それじゃあんた、今日まで稼いだ分、全部パーなの。まるまる一か月働いた分、ぜんぶ無駄になるっていうの」

「ああ。そうだよ」信二は面倒臭そうにいった。「しかたねえじゃねえか」

「馬鹿」と、嫁が怒鳴った。「あんたは馬鹿よ」

「こら」おふくろが怒って叫んだ。「自分の亭主に、馬鹿とはなんだい」

「自分の亭主に、馬鹿とはなんだ」と、信二が叫んだ。

「馬鹿だから馬鹿っていってるのよ」と、嫁も叫んだ。「そんな気儘《きまま》が、世の中に通用するとでも思ってるの。餓え死にしたっていいのね」

「この女《あま》」おふくろが嫁のことばに腹を立て彼女をぶん殴ろうとした。

おふくろが横に振った腕は、嫁の顔を通り抜け、傍らにいたおれの頬へまともにとんできた。

「うわ」一撃されて、おれはひっくりかえった。

そのはずみに、うしろにいた節子にぶつかった。

節子は、抱いていた自分の首を、畳の上へ落してしまった。首はころころと転がった。

膝《ひざ》もとまで転がってきた首を、姉が拾いあげ、節子に投げて返した。「ほらよ」

「この女《あま》」信二が嫁のことばに腹を立て、むっくりと起きあがった。「亭主のすることが気に食わねえのなら、この家を出て行け」

「そうだよ。そんな女、追い出してやんな」と、おふくろも叫んだ。

「まあまあ、そんなに怒るんじゃねえ」親父がおふくろにいった。「お前だって、おれが仕事投げ出して帰ってきた時は、やっぱりかんかんになって怒ったじゃねえか」

「あの時とは事情が違うじゃないか」と、おふくろは親父にいった。「この女は、この家へきた嫁じゃないか。あんたは養子だったじゃないか」

「なにを」親父が眼を剝《む》いた。「養子なら、何いってもいいっていうのか」

「こっちでも夫婦喧嘩か」おれはあきれて、親父とおふくろを見くらべた。「いい歳をして」

「もう、およしなさいよ。ふたりとも」姉がうんざりした口調で両親にいった。

「ああ。出て行けっていうんなら、いつだって出て行ったげるわよ」嫁が信二に食ってかかった。「今すぐ出て行ったげるから、あんたを今まで養ったげるのに全部使っちゃったわたしの貯金三十万円、耳を揃えて返して貰おうじゃないの」

「こ、こいつ」ことばに詰った信二が、かっとなって手をのばし、嫁の口もとをつねりあげた。

「その憎らしい口、こうしてやるぞ」

「い、い、い、痛いいたい。何するのよっ」嫁が卓上の急須《きゅうす》をとりあげ、信二めがけて振りおろした。

急須は粉微塵《みじん》になった。

「ぎゃっ」信二は、おれのからだを突き抜けて、仰向《あおむ》けにひっくりかえった。「や、やったな」あわてて立ちあがった。

「ああ。やったわよ。やって悪いの。あんたが悪いんじゃないか」

「そうら、また始まった」節子が心得顔でいった。「次は、卓袱台《ちゃぶだい》を蹴とばすわよ」

信二が卓袱台を蹴とばした。卓袱台はおふくろのからだを突き抜けて、部屋の隅へとんでいった。

茶の間はたちまち、荒物と日用雑貨が右に左にとび交う修羅場と化した。

「心配しなくていいわ」姉が落ちつきはらってすわったまま、にやにや笑った。「お互いに、相手に直接当らないように投げてるんだから」

両親も妹も、またかという様子で、じっと腰を落ちつけている。だがおれは、こういったことにまだ馴れていないから、とても落ちついてはいられない。薬罐《やかん》がとんでくると、やはり反射的に身をかわしてしまうのだ。もっとも、よけそこなったところで、からだの中を通り抜けてしまうのだから怪我はない。それでも、雑巾《ぞうきん》が顔の中を通過した時は、さすがに気持悪かった。それは泥と埃《ほこり》の匂いがした。

また、信二の嫁がおれのからだを通り抜けた時は、若い女のなま臭い体臭と髪の匂いがし、汗の味もかすかにして、胸がむかむかした。

部屋を何度か往復して、すっかり凸凹《でこぼこ》になった薬罐が、嫁の額に命中した。

「うっ」嫁は額を押さえ、呻《うめ》きながらうずくまった。

「ど、どうしたっ。大丈夫か」信二がびっくりして駈《か》け寄った。

「投げつけておいて、どうしたもないもんだ」おれは苦笑した。

「ほっとけ。そんな女」と、おふくろがいった。

「ああ。ああ。あんた。痛い。痛い」嫁が顔を歪《ゆが》めて泣き出した。

「ふん。甘えやがって、いい加減にしないか」おふくろは、ますます苦虫を嚙《か》みつぶしたような顔になり、汚ならしそうにそっぽを向いた。「わざと痛がってるのさ」

「すまん。すまん」信二は、妻を介抱しながらあやまった。「本当にぶつける気はなかったんだ。手もとが狂ったんだ。すまん。痛かっただろう。堪忍してくれ」

「ううん。わたしが悪いの。あんたにあんなことといったもんだから、罰があたったの。ねえ、堪忍して」

「おれは気短かすぎるんだ。ほんとうに、すまなかったなあ」

「やんなっちゃうなあ」姉が顔を赤らめた。「いい加減にしてよ。ほんとうに」

「ひと前だっていうこと知らねえもんだから、平気でいちゃつきやがって」おれも照れかくしにそういった。

「そりゃあ、しかたがねえや」親父が笑っていった。「生きてる人間の浅ましさってやつだ」

「すごく散らかっちゃったわねえ」嫁が眼を丸くして部屋を見まわし、立ちあがった。

「わたし、片づけるわね」

「いや、おれが片づける」信二があわてて立ちあがった。「お前は休んでなよ」

「ううん。わたしがやる」

「いや。おれがやる」

「馬鹿」親父が苦笑した。「いちゃつくネタを作るために喧嘩しやがったんだ」

「片づけるくらいなら、最初っから喧嘩しなけりゃいいのよ」と、節子がまた生意気な口調でいった。

「子供は黙ってろ」と、おれはいった。「お前なんかにゃ、わからねえことだ」

「ふん」節子はうそぶいた。「そうかしら。だってわたし、これから何が始まるか、ちゃんと知ってるのよ。だって、毎度のことだもの」

「そんなところまで見るのか」おれは赤くなった。

信二と嫁は部屋の中を片づけはじめた。

「さあ。さっきの話の続きはどうなった」と親父がおれをうながした。

「どこまで話したっけ」

「お前たちが拳銃《はじき》をぶっぱなして、大場組の連中がいっせいに伏せたってところだ」

「机の下にもぐりこんだ大場が、おれめがけて撃ってきた。だからおれも、大場ひとりをめがけて撃ちまくった。大場の額には、赤い穴が二つ、三つあいた。だけどその時には、もう、おれもやられてたんだ」

おれは心臓の上にあいた、赤い大きな穴に指さきを突っこみ、抜いたり刺したりしながら家族たちにうなずきかけた。

「相討ちか。おれと同じだな」親父がうなずき返した。「おれの時は鑿《のみ》と鑿、どさっとからだごと相手にぶつかった時、相手の胸と、おれの腹とを刺しちがえたんだ。相手はおれより背の低い奴だったが、度胸のある奴だった」

親父が血まみれの浴衣《ゆかた》の前をはだけた。腹のまん中が二寸ばかり縦に裂け、内臓がはみ出していた。

「あの時は進藤建設の若い奴七人が相手だった。おれはやられる前に、鑿で二人ばかり刺し殺してやったから、三人殺した勘定だ」

「あきれてものがいえないよ。人殺しの数を自慢するんだから」と、おふくろがいった。

「お前だって、喧嘩《けんか》して死んだんじゃねえか」と、親父がやり返した。「毒舌がもとで血の気の多い魚屋の若い奴に、てんびん棒で頭の鉢を叩《たた》き割られやがった。あまりひとのことをとやかく言える死にざまじゃねえや」

おふくろは、ぱっくり裂けて血みどろの頭をゆっくりと左右に振った。「癪《しゃく》にさわるねえ、あの若い奴。このあいだ刑務所から出てきたそうだよ」嘆息した。「やれやれ。この家の者はみんな、喧嘩で身をほろぼしたのばかりだねえ。この信二だって、きっと今に喧嘩して、誰かに殺されちまうよ」

「わたしだけは喧嘩で死んだんじゃないわ」節子がそういって、右手にかかえた自分の首を指さした。「電車に轢《ひ》かれたのよ」

「それだって、もとはといえば短気が原因じゃないの。似たり寄ったりだわ」と、姉がいった。

「そうさ。踏切の遮断機くぐり抜けてまで、早く向うへ渡ろうとしたからだよ」と、おふくろがいった。「ぱっととび出したとたんにがあっときて、はねとばされて、ごていねいにレールの上へ載せた首を、車輪ですぱっとやられて」

「しかもその前に、注意した踏切番の親爺《おやじ》さんに、憎まれ口までたたいているのよ」と、姉がくすくす笑いながらいった。

　節子がくやしそうに、姉にいい返した。「何よなによ。憎まれ口ぐらい、誰だってたたくわよ」躍起になっていった。「姉ちゃんだって、憎まれ口たたいたから、刺身包丁で刺し殺されたんじゃないの」

　姉は、女中を片眼にしてしまってから、嫁入り先の呉服屋をとび出し、この家に帰ってきていたのだが、ある日、姉を迎えにきた亭主に、さんざ憎まれ口をたたいたのだ。

「でも、あいつに人を殺す度胸があったなんて知らなかったわ」と、姉はいった。

「あれは度胸なんてものじゃねえ。お前の憎まれ口にかっとなって、逆上しただけだ」親父がいった。「あの男は世間知らずの若旦那《わかだんな》だからなあ。だから浮気などもする癖に、その一方じゃ勝気なお前によっぽど惚《ほ》れてたんだろうよ。それをお前は口汚くののしったもんだから、奴《やっこ》さん、可愛さあまって憎さがってやつよ。お前もお前だ。逃げときゃいいものを、つかみあいの喧嘩なんかするもんだから、ますます逆上して、台所の包丁でお前の胸をえぐったんだ」

「そのかわりあの男は懲役二十年、呉服屋はつぶれちゃったわ。いい気味よ」姉はうす笑いを浮かべてそういいながら、胸の傷口に指さきを突っこんだ。「ね、健一。この傷口、背中まで抜けてるのよ」

「おかしな自慢するない」おれは苦笑した。

「ねえあんた。ほんとに、もういいから、ほっといてよ。休んでて頂戴《ちょうだい》」と、部屋を片づけながら、嫁が信二にいった。「あんた今まで仕事してたんでしょ。疲れてるんだから」

「クビになったりして、悪かったなあ」信二が卓袱台をもとへ戻しながらいった。

「ううん。いいのよ」嫁はかぶりを振った。「無理ないわよ。そんな厭《いや》な客なら、わたしだって喧嘩してるにきまってるわ」

「おれは気短かなんだ。自分でも悪いと思うんだが、どう仕様もねえんだ」

「あんたが悪いんじゃないわ。だって遺伝なんだもの。あんたのお父さんとお母さんが揃って気短かだったからいけないのよ」

「親のせいにしやがる」親父とおふくろが、あきれて顔を見あわせた。「いい気なもんだなあ」

「だけどわたしたち、これからいったい、どうなるのかしらん」嫁が、信二にぴったりと身をすり寄せてすわり、心細げにいった。

「おれもお前も、どうせ、ろくでもない死にかたしかできねえような気がするなあ」

「そんなこと、いわないで」

「実際、気が短いと損だ」急に気弱くなった信二が、妻をしっかり抱き寄せた。

「おれの家族を見りゃあわかる。みんな、まともな死にかたはしてねえ。昨日、健兄がやくざ同士の喧嘩で撃ち殺されてしまったから、結局この家のあと継ぎは、おれひとりになっちまった」

「そうだよ。お前がしっかりしてくれないことには、この家が絶えるんだよ」おふくろが涙声で信二にいった。

「おれ、しっかりしなきゃいけねえなあ」信二が今さらのように眼を見ひらき、宙を見据えながら、茫然《ぼうぜん》としてつぶやいた。「だけどおれ。自信ねえんだ。世の中ってやつ、どうしてこんなに腹のたつことばかりなんだろうなあ。こんな世の中で、おれ、癇癪《かんしゃく》を起さねえようにして、うまく生きていく自信なんかぜんぜんねえんだよ。親父みたいに、たとえ堅気の仕事をしてたって、喧嘩して死ぬことはあるんだ。じゃあ、健兄みたいにやくざになるかといえば、おれには健兄みたいな度胸がねえんだ。やっぱり駄目なんだ」

「なさけねえ奴だ」親父が涙を浮かべながら信二にいった。「だが、考えてみりゃあ、おれの子供の中じゃお前がいちばん頭が悪い。度胸もねえ。だからこそ今まで、無事に生きてこられたのかもしれねえな」

「やくざになんか、なっちゃ駄目」嫁が、信二に抱きつき、すすり泣きながらいった。「あんたがやくざになんかなったら、お兄さんみたいに、すぐ殺されちゃうわ。やくざにだけはならないで」

「そうだ、やくざにだけはなっちゃいけねえぞ」と、おれはいった。「お前みたいに度胸のない奴に限って、いちばん先に殺されちまうんだからな」

「わたしも、明日からは働くじゃないの。そして、あなたに尽すじゃないの。だから、やくざになるなんて言わないで」と、嫁がいった。

「見ろ。今の聞いたか。いい嫁じゃあねえか」親父がおいおい泣き出した。「こんないい嫁は、よそにゃあいねえぞ」

「ほ、ほ、ほんとだなあ」おれも胸に、じいんと熱いものがこみあげてきて、あわてて眼を拭《ふ》きながらいった。「し、信二にはもったいないぐらいの、い、いい嫁だなあっ」

「お、お前は、お、おれにはもったいないぐらいの、い、いい女房だなあっ」信二が妻に顔をすり寄せ、泣きながらいった。「よおし。おれは一生けんめい働くぞ。お前のために、明日から一生けんめい、短気を押さえて働くからなあ」

「ほんとかしら」と、節子が疑わしげな眼つきで信二を見ながらいった。「いつでもそういうんだけど、次の日はまた喧嘩よ」

「ありがとう。ありがとう」嫁が、わっと泣き出しながら、何度もうなずいた。「わたしこそ、あんたにお礼を言わなきゃいけないのよ。わたしみたいな宿なしの女、よく拾って奥さんにしてくれたわね。わたしもう、嬉《うれ》しくて、嬉しくて」

「あ、何とまた、やさしいことを言うんだ。こんな心のやさしい女はいねえ」親父は泣き続けた。「見やがれ。何と美しい夫婦じゃねえか。なあおい。これを美しいと思わねえようなやつは鬼だぞ。そうじゃねえか」

おふくろが、とうとうたまりかねて、わっと泣き出した。「わたしゃあねえ、わたしゃ信二が、いくら喧嘩したっていい、いくら貧乏したっていいんだよ。ただ、生きていてほしいんだよ。お前だけは、いつまででも、生きて生きて、生き続けてほしいんだよ。お前が死んじゃったら、この家がつぶれてしまうじゃないか。そうなったら、わたしがなんの為に生まれてきたのか、わからなくなっちまうんだ。なんの為に、つらい思いをして、子供をたくさん産んで、他人《ひと》と喧嘩して苦労してきたのか、それこそもう、わからなくなっちまうじゃないか」

姉も、しくしく泣き出した。

「ふたりで助けあって、いつまでも生きて行こうなあ」と、信二が叫ぶようにいった。「短気を起して他人《ひと》から嫌われようが、貧乏して他人から笑われようが、そんなこたあ構わねえ。おれは馬鹿だよ。馬鹿で気短かだよ。だがな、おれだって生きて行く権利ぐらいはあるんだぞ。ざまあ見ろ」

「そうだ。生きて行け」親父が泣きながら叫んだ。「雑草みたいな生きかたでいい。とにかく、生きていりゃあ、それでいいんだ」

「そうだ」おれも、涙でびしょ濡《ぬ》れの顔をあげ、信二に叫んだ。「生きてりゃいいんだ」

「雑草みたいな生きかただっていいのよ」と嫁が信二の膝《ひざ》にすがりつき、泣きながら叫んだ。

「わたしたち、お金もないし、子供もないけど、その方がかえって身軽でいいわ。ふたりだけで、雑草みたいに生きて行きましょうよ」

全員が泣き叫んだ。「生きてりゃいいんだ生きてりゃいいんだ」

「子供なら、いくらでも産めるじゃないの」ひとりだけ、きょとんとしていた節子が、子供らしくない言いかたで冷やかした。

急に全員が黙りこみ、しばらく考えこんでしまった。

「そうだ」親父が、やがて躍りあがってそう叫んだ。「赤ん坊なら、馬鹿だろうが気短かだろうが産める。お前ら、赤ん坊産め。早くおれの孫を産んでくれ」

「そうだ」信二が、躍りあがってそう叫んだ。「赤ん坊なら、馬鹿だろうが気短かだろうが産める。お前、おれの赤ん坊を産め。早くおれの子を産んでくれ」

「よく言った」親父が、わが意を得たりとばかりうなずいた。

「そうすりゃ、あんたたちが死んだって、この家のあと継ぎが残るんだよ」おふくろがいった。

「早く赤ん坊を産んで、わたしたちを安心させておくれ」

「ほんと」嫁が、顔を輝やかせて信二にいった。「ほんとにわたし、あんたの子産んでもいいの」

「いいとも。いいとも」と親父がいった。

「いいとも。いいとも」と信二がいった。

「だけどねえ」嫁が不安そうな表情を見せ、首をかしげた。「わたしたちに、子供を育てるなんて難しいこと、できるかしらん」

「産んじまえば、なんとかなるわよ」と、姉がいった。

「そうさ」おふくろもいった。「心配いらないよ。赤ん坊なんてものは、勝手に大きくなるもんだからね」

「産んじまえばなんとかなる」と、信二はいった。「勝手に大きくなる。さあ、子供を作ろう」

「あ」

彼は妻を、畳の上に押し倒した。「早く作ろう。今、作ろう」

「馬鹿野郎」おれはまっ赤になった。「まだ昼間だぞ」

「なんとまあ気の短い。そんなにすぐ、あわててしなくったって」と、おふくろがいった。

「いや」親父が、かぶりを振った。「思い立ったら、すぐした方がいい。善はいそげだ」

「だけどねえ」姉が苦笑した。「せめて布団ぐらい敷きゃいいのに」

「今、するの」嫁がまっ赤になって信二を見あげた。「せめて布団ぐらい敷かない」

「ぜいたくいうな」と、おふくろが叫んだ。「畳の上でできるのなら、しあわせだよ。わたしなんか、草っ原や板の間でお父ちゃんに押し倒されたことも」

「ああら、ほんとと」節子が子供とは思えぬ好色そうな眼つきで両親を見くらべた。

「こ、こら」親父がうろたえて、おふくろを睨《にら》んだ。「子供の前で、なんて馬鹿なことをいう」

「せめて座布団ふたつ折りにして枕にすりゃいいのに」姉が眉《まゆ》をひそめた。

だが信二も、嫁も、そんなことなどどうでもいいようだった。

信二は妻のからだの上へのしかかり、彼女の、薄い安手の生地で作ったぺらぺらの赤いスカートをまくりあげた。

信二の嫁は、意外に白い、きめこまかな肌をしていた。だが彼女の、白地にブルーの花模様を散らしたパンティは、少々汚れていて鼠色になっていた。

おれは眼をそむけた。もっとも幽霊には性欲なんかないから、見ていたところでこっちまでどうなるということはない。これはただ生きている時の習慣で眼をそむけただけだ。

だが、おれを除く家族全員は、いつものことで馴《な》れているらしく、食いいるように夫婦の行為を見つめた。

夫婦は、大きな口を開き、むさぼるというよりはむしろ嚙《か》みあうようなキスをした。

「ほら。いつも最初はあれをするのよ」と、節子が笑いながらいった。

「お前はもう黙れ」おれは節子に一喝を浴びせた。「茶化していいことと悪いことがあるんだ。これは茶化していいことじゃないんだぞ」

「そうだ。そうするんだ。ええい。ちがうちがう。そうじゃねえったら」親父ひとりがやきもきしていた。「ええい。ほんとにもう。へたくそな奴。ああ、じれってえ」

「いい子を産んでくれよ。いい子を産んでくれよ」信二が息づかいを荒くして、妻の顔の上へ涙をばらばら落としながら叫んだ。

「いい子を産むわ。いい子を産むわ」嫁も、しゃくりあげながらそう叫んだ。

「そうだ。いい赤ん坊を産むんだぞ」親父はわあわあ泣きながら声援した。「そらっ、そこだ。しっかりやれ」

「可哀そうにねえ。こんなに汗びっしょりになっちゃって」おふくろが、あえぎ続けている嫁の姿を見て、泣き叫んだ。「わたしが生きてりゃ、手拭《てぬぐ》いで汗を拭いてやるのにさ。団扇《うちわ》であおいでやるのにさあ」

おれも姉も、わあわあ泣いた。

「男の子かっ。女の子かっ」と親父が、無我夢中の息子夫婦に訊《たず》ねた。

「馬鹿だねえ。あんたもまた気の短い」と、おふくろがいった。「そんなこと、まだわかりゃしないよ」

「そらっ。しっかりやれ」

「頑張っとくれ。頑張っとくれ」

親父とおふくろは声をはりあげ、涙でのどを詰まらせながら息子夫婦を励まし続けた。

小さな裏庭との境の障子が、夕陽で赤く染まりはじめた。

ホンキイ・トンク

1

アメリカは西部開拓期のテキサス。砂塵《さじん》けたてて西へ西へと荒野を行く馬車の数は日ましに多かった。西部の町の酒場で荒くれ男たちに娯楽を提供するため、可愛い踊り子やスタンド・ピアノを積んで走り続ける馬車もあった。その馬車の中には不運にもアメリカ・インディアンに遭遇し、追いかけられたものもあり、逃げきれずに捕まったものもあった。インディアンに捕まり、叩《たた》き壊されたピアノ、頭の皮を剝《は》がれて殺された可哀相な踊り子もいた。もちろん、無事に西部の町へ到着した幸運な馬車もたくさんあった。しかし、インディアンにおびえて荒野を長時間走り続けたため、ほとんどのピアノは調子が狂ってしまっていた。そして西部の町にはその頃、ピアノの調律師がいなかった。酒場で狂ったままのピアノが不安定な音階の曲を奏で、その曲にあわせて踊り子たちが踊り、歌をうたった。荒くれ男たちが銅鑼《どら》声はりあげて合唱することもあった。やがて調子はずれのピアノによるウェスタン・ソング初期の名作が次つぎと誕生した。西部の男たちはそれらの曲を調子はずれの声で歌った。彼らはそれをホンキイ・トンクと呼んだ。

2

「やあ簗井君。待っていたんだ」チーフ・オペレーターは、おれの顔を見ると、だしぬけにぐしゃりと相好を崩し、黒革張りの肘掛《ひじかけ》椅子を指した。「まあ。まあ、掛けたまえ」

何かあるな――と、おれは思った。

おれはコンピューターの技師としては二流以下の腕前しか持っていない。そんなおれを本社の、しかもチーフ・オペレーター自身がわざわざ自分の部屋へ呼びつけたのだから、これはあきらかにまともな事態ではあり得ないわけで、当然こちらも身構えざるを得ないのである。

「あの。どういうご用で……」おれと向きあって腰をおろしたチーフに、おれはおそるおそる訊ねた。

「ま、気を楽にしたまえ」チーフはおれにタバコをすすめ、例によって本題に入る前の世間話をしようとしたものの、なにぶんおれのことなどよく知らないものだからうまくいかず、咳《せき》ばらいなどしてごまかし、揉《も》み手をし、最後に眼鏡をはずしてレンズを拭《ふ》きながらいった。「君、海外旅行をやりたくはないか」

「はい」おれは身をそらせ、真正面からチーフを睨んで優等生的に返事した。「会社の用でしたら、どこへでも行きます」

チーフは、ちょっと厭《いや》な顔をした。「ありがとう。ただ、ちょっと厄介な仕事なんだ」

そらきた――おれは窓の外を眺め、ビルの窓を勘定しはじめた。

おれが黙っているので、チーフは方針を変え、やや切り口上で喋《しゃべ》りはじめた。「そして会社は、それに対し満足な報酬を君に出すことはできないんだ。予算が少ないのでね。どうだい、それでも行く気はあるかい」

「へえ」おれは眼を丸くして見せた。「この会社が、よくそんな仕事を受注したもんですな」

チーフは答えず、仕事の内容を説明しはじめた。「一か月前、バカジアの政府がわが社へNG100型コンピューターを買いたいといってきた。NG100型――つまり、わが社が作っているコンピューターの中で、いちばん小さく、いちばん安いコンピューターだ」

「なるほど、バカジアではNG100型以上のコンピューターを買う予算はないでしょうね。小さい国だから」

チーフはうなずいた。「そう。あの国の広さはこの東京くらい、人口は三万、国家としての収入のほとんどは観光事業――つまり賭博場《カジノ》から得ていて、あと、全体の五パーセント弱がオレンジの栽培だ」

説明し続けるチーフの顔を、おれはタバコの煙ごしに観察した。おれに何をやらせようとしているのか、まだわからなかった。

「南ヨーロッパでもいちばん気候のおだやかな国だ。国内は平和だ」チーフはおれの表情をうかがった。

おれは微笑した。「誰でも行きたくなるような国ですね」うなずいた。

「そうとも。いい国だ」チーフも微笑した。

おれは真顔でいった。「だけど、仕事となれば話は別です」

「そうだとも」チーフは眼を見ひらき、不必要な大声で力強く答えた。「いくらいい国でも、仕事となれば別だ。ところが先方から届いた予算表を見て、わが社では頭をかかえた。NG100型の代金と運賃を差し引けば、ほとんどゼロなんだ。つまり、オペレーターやプログラマーを派遣する費用が出ないんだ」

「バカジアにはオペレーターはいないんですか」

「あの国にはコンピューターを扱える人間がひとりもいないそうだ。だから操作のしかたを教えてくれる人間をよこしてほしいといってる」

「だけどコンピューターの代金には、当然、そういった費用も含まれているんでしょう」

コンピューターはでかいから、分解して送り届けなければならない。つまり送り届けた先でもういちど組み立て、調整してやらなければならないのだ。これはピアノの調律などと同じで、製造会社としては当然のサービス業務なのである。

「ところがそれは、大型の高価なコンピューターだけにいえることで」チーフは吐息をついた。「NG100型の場合は、サービスでそれをやると赤字になる」

「わかりました」おれは笑った。「その赤字を最小限に食いとめるため、ぼくのような二流以下のオペレーターを派遣しようというわけですな」

「いや。それは少し違う」チーフはあわててかぶりを振った。「君が有能だからだ。つまりオペレーターでありながら組み立てもでき、教師としての才能もあり、語学力も達者だからだ。君以外にはこの任務を果すことのできるオペレーターがいないからだ」

「待ってください」おれはおどろいた。「つまり、行くのはぼくひとりで、プログラマーも通訳もつかないとおっしゃるのですか」

チーフは悲しげな眼つきでおれを見た。「君ひとりの出張手当を出すだけで、せいいっぱいなのだ」

「なるほど」おれは考えこんだ。「そしてその出張手当は、単にオペレーターとしてのみの出張手当なんですね」

チーフはしばらく黙っていたが、やがて顔をあげ、ぜんぜん別の話をはじめた。「君には恋びとがいるそうだな」

「よくご存じですね。でも給料が安いから、まだ結婚できません」

「知っている。この仕事をうまくやり遂げたら、わしの力を貸そう。媒酌《ばいしゃく》してやろう。新居を見つけてやろう。会社から金を借りてやろう。どうだね」にやりと笑った。「今のままでは、いつまでたっても結婚できそうにないんだろう」

おれは苦笑した。「わかりました。この仕事をやりましょう」

チーフは肩の力を抜いた。「実のところ、それでわしの顔が立つ。恩に着るよ」

おれは強情だが、そのかわり単純な人間である。頭ごなしに命令されたのなら憤然として断っていただろうが、からめ手から攻められたのではしかたがなかった。

独身の身軽さ、さっそく次の日おれはNG100型とともに小型貨物船に乗りこんで、バカジアへと出発した。

航海は平穏無事で、日本を出てから三週間後の昼過ぎには、もうバカジアに着いていた。おれはバカジア政府がおれのため予約しておいてくれたホテルの一室に、ひとまず落ち着いた。

ホテルの窓からは海岸が見え、そこでは南欧の陽光が白い砂を光らせ、ビーチテントの原色をより鮮明に浮き立たせ、ビキニやトップレスの女性の肌を焼いていた。

ブラインドをおろし、おれはすっ裸になって浴室に入り、シャワーを浴びた。温湯で旅の汗を流し、それから冷水を浴びた。

その時、ドア・チャイムが鳴った。

ホテルのボーイだろうと思ったので、おれはバスタオルを腰に巻きつけたままドアをあけた。だが、ボーイではなかった。

はたちそこそこと思える金髪の美女が廊下に立っていた。象牙《ぞうげ》色のミニを着ていて、眼はブルーで肌は白かった。彼女はおれの姿を見ても平気で、笑いもせず立っていた。

「部屋をまちがえましたね。お嬢さん」と、おれはいった。

「簗井さんでしょ」彼女はそういって、首をかしげた。「わたしはミオ」

やってきたばかりのこの国で、おれを知っている女性がいるとは思えない。コールガールでもなさそうだし、ホテルの従業員でもなさそうだ。

「ミオという名の女の子は知らないよ」と、おれはいった。

「あなたは、わたしが雇ったからこの国へ来たのよ」と、彼女はいった。

「おれを雇ったのは、この国の政府だが」おれは彼女の小柄なからだを眺めまわした。

「あんたが政府のお役人とは思えないね」

「正確には、あなたを雇ったのは政府じゃないの。国家が雇ったの」

「似たようなものだと思うが」そういってから、おれは少しばかり不安になった。「そういえば船の中で、この国の当主は今、王女だと聞いていたが、でも、あんたがまさか……」

彼女は答えた。「わたし、プリンセス・ミオです」

おれのバスタオルが床へ落ちた。

「失礼をいたしました。プリンセス」全身の毛穴から火を吹き出しながら、おれはあわててタオルを拾いあげ、また腰にまとった。彼女は唇の端っこから舌をちろりと覗《のぞ》かせ、天井を眺めていた。

「さ。どうぞお入りください」

ふわりとおれの前をすり抜け、彼女は部屋に入ると、セットの椅子の腰かけごこちをためしてから、ベッドに腰をおろした。「あまりいい部屋じゃないわね。もっといい部屋になさいって、マネージャーにいってあげます」おれが服を着るのを眺めながら、彼女は無表情にそういった。

「いいえプリンセス」おれはシャツから首を出しながらいった。「海が見えさえすればいいのです」

「コンピューターの据えつけは、いつになるの」彼女は足をぶらぶらさせながら訊《たず》ねた。

「今、船からおろしています」と、おれは答えた。「搬入と梱包《こんぽう》をほどくのが明日になります。組み立ては、あさってからやります」

「ブラインドをあげてちょうだい」

「はい」おれは窓のブラインドをあげた。

窓から急勾配《こうばい》にさしこんだ陽光で、プリンセス・ミオの金髪が輝いた。

「コンピューターって、操作は簡単なの」

「馴《な》れてしまえば簡単です」

「教えてくれるわね」

「もちろん、お教えしますが、しかし」おれはプリンセスの膝《ひざ》から眼をそらした。「プリンセス。あなたが操作なさるのですか」

「そうよ」

お姫さまの遊び道具か、コンピューターも安っぽくなったものだ――と、おれは思った
――今に幼稚園の子供の玩具になるかもしれないな。

「でも、いったいコンピューターを何にお使いになるのです」

「もちろん、政治に使うのよ」彼女は平然として、そう答えた。

「政治」おれは啞然《あぜん》とした。

「そう。政治」プリンセスはごろりとベッドへ俯伏《うつぶ》せに横たわった。「外務、財政、労働、あらゆる政治問題の解答を出すために」

「この国には、官僚はいないのですか」

「もちろん、いるわ。でも彼らの意見が議会で一致したことは一度もないの。結局、決裁をくだすのは、いつもわたしなの」

「そいつは大変だなあ」おれはぶらぶらと彼女の傍へ寄っていきながら訊ねた。「小さな国だから、外交問題など、大変だろうね」

「ええ。ややこしいわ。もう考えるのがいやになっちゃったの。それでコンピューターを買ったの。ねえ。タバコ持ってる」

おれはベッドの端に腰をおろし、彼女の口にタバコをくわえさせ、自分もくわえた。

「外交的には、どんな問題があるの」

プリンセスはからだを半回転させ、仰向《あおむ》いて天井に煙を吐き出した。「国連の報道自由条約や売春禁止条約に参加するかどうか。世界連邦運動に反対したものかどうか。観光国共同声明を出すことに賛成していいかどうか。観光国私法会議をどこで開くか。南欧グループのパーティを開催するかどうか。頭が痛いわ」彼女はラジオのダイヤルをいじりまわし、クール・バイアスのボリュームをあげた。「それに来年は国際観光年で、かき入れ時。

前よりも観光客が少ないと、わたしの評判が悪くなるわ。そのためには外国との交際を、うまくやっとかなきゃ」

　プリンセスの胸の隆起を眺めながら、おれはいった。「外交に関するあらゆるデータをコンピューターに投入すれば、いい解答を出すだろう」

　バイアスのリズムにあわせ、ベッドへ仰向きに横たわったままのプリンセスが腰を振りはじめたので、おれも彼女にあわせて肩をゆすった。

「ねえ。泳ぎに行きましょう」彼女はベッドから降りた。

「うん。行こう」

「ここで脱いでいきましょう」彼女はミニを脱ぎはじめた。「あなたも脱ぎなさい」

「水着姿でホテルの中を歩いてもいいの」

「わたしといっしょなら大丈夫」彼女は下着を脱ぎ捨て、トップレスの水着姿になり、ピンクの乳首を見せた。「コンピューターと対話するのは、むずかしいかしら」

「ほんとは誰にだって、簡単にできるんだ」おれはまた服を脱ぎはじめながら答えた。「昔は質問のことばを、すべて数字や記号に変えて、パルスとして入力装置から入れなければならなかった。つまり、プログラミングに時間がかかった。ところが今ではテレタイプも必要じゃない。声音タイプが質問のことばを打つと、入力装置の中で読取穿孔《せんこう》をやる。出力装置から出てくる答えも、ちゃんと英語にタイプされて出てくる。つまり、コンピューターにわかるようなことばで、ふつうに話しかけさえすれば、ふつうに解答文として出てくるんだ」

彼女はおれの脱ぎっぷりを眺めながらいった。「あなた、技師にしちゃ、いいからだしてるのね」

「ぼくのいったこと、わかったかい」

「わかったわ」

おれと彼女は部屋を出て、ホテルの廊下のカーペットの上をはだしで歩いた。エレベーターに乗ると、着飾った中年の婦人がひとりだけ乗っていて、プリンセスを見ると眼を丸くした。

「まあ、お姫さま」彼女はあわてて一礼した。「わたくしとしたことが、こんな恰好《かっこう》でごめんあそばせ」

「いいのよ」と、プリンセス・ミオは答え、おれに向きなおった。「コンピューターの扱いかたがそんなに簡単なら、どうして勉強が必要なの。子供にだって扱えそうじゃないの」

「そうはいかんよ」

おれたちが広いロビーに出ると、観光客らしいひとりの女性が、プリンセスにカメラを向けた。もっと大きな国のお姫さまがトップレス姿で歩いてでもいようものなら、たちまち報道のカメラマンに取り巻かれるところだが、このバカジアではそんなことはないらしい。ホテルの玄関から砂浜へ出た時も、彼女を見つけてあとを追いまわしたり、そばへ寄ってきたりする人間はひとりもいなかった。遠くから手を振ったり、笑顔で目礼したりする程度である。

　おれとプリンセスは海水に身を浸し、沖へ向かって並んで泳ぎはじめた。

「コンピューターに話しかけるには、話しかける方法がある」と、おれはいった。「相手は機械だ。機械に対する作法どおりにやらなきゃいけない」

「コンピューターに礼儀が必要なの」だれも見ている者のいない沖まで出ると、彼女は背泳ぎしながらそう訊ねた。

「礼儀か。礼儀でもいい」おれも背泳ぎに変えた。「もともと礼儀というものは、相手の心理状態を自分のそれよりも大事だと思う気持から起ったものだから、コンピューターに答えてほしければ、コンピューターの精神内容を理解し、尊重してやらなければいけない。無茶苦茶な質問をすれば、人間なら怒るところだ。ところが機械は怒ったりしない。そのかわり、その質問を食おうとしない」

　おれは海中に潜った。プリンセスも潜った。おれとプリンセスは海底で顔を見あわせた。おれの鼻さきに、彼女のコラール・ピンクの唇があった。

　おれたちは、軽くキスした。

　海面に浮きあがり、岸へ泳ぎはじめながら彼女は訊ねた。「どんな質問がいけないの」

「質問そのものの中に、論理的矛盾が含まれていた場合とか、逆説的・文学的なことばで訊ねた場合には食わない。つまり内容の中に否定も肯定もできない部分があった場合だ」

「そんな質問を、無理に食わせるとどうなるの」砂浜に腹這《はらば》いになり、白い背を陽光にさらしながらプリンセスは訊ねた。

「無理に食わせれば、機械は狂うだろうね」

「でも、解答はしてくれるんでしょ」

「狂った、おかしな解答を出すだろうね」

「でも、それをおかしいと感じるのは人間だけなんじゃないの」

「なんだって」おれは少し混乱した。

「機械が狂って困るのは人間なんでしょ。機械の方じゃ、狂っているという意識はないわけなんでしょ。人間の気ちがいと同じで」プリンセス・ミオは腹這いになったままおれの方へにじり寄ってきて、可愛い丸顔をおれに近づけ、喋《しゃべ》り出した。「つまり機械の方では人間がいくらそれをおかしいと感じるような時でも、それまで通り自然の摂理とかなんとか、そういったものに従って動いているかとまっているかしているわけでしょ。ところが人間にしてみれば、自然の摂理の中から自分に都合のいいところだけひっぱり出して、それを機械に強制しているわけでしょ。機械にしてみれば、そんなことはまあどっちでも同じようなものだと思って狂うわけよ。だけどそれは、ほんとは狂っていないで、むしろ狂っていてあたり前なのかもしれないわね。狂ったのには狂った質問をされたからだという必然性みたいなものがあって、狂った質問をした人には、そういう質問をせずにいられない必然性みたいなものがあったわけでしょ。するとその場合、いちばん大切なことは、狂ったままの機械が狂った解答を出してくれることなんじゃないかしら」

なるほど——と、おれは思った——もしコンピューターに自己制禦《せいぎょ》力ができたとしたらそれは即《すなわ》ち、狂った質問に対しては狂った解答を出すということなのかもしれないぞ。

「狂った質問を出すつもりかい」と、おれは声をひそめて訊ねた。

「小さな国の政治というものには、矛盾だらけで狂ったところがあった方がいいのよ」彼女は発声器官を使わずにそう答えた。「大国にご機嫌をとって暮さなければいけない小国にとって、首尾一貫した政治は危険なの。もっとも、首尾一貫していないというのは、外国からこの国を見た場合にいえることで、この国にしてみれば首尾一貫していない方が、この国にとって首尾一貫しているわけなの」

「わかるよ」おれはうなずいた。小国の悲哀は日本にだってある。「あちら立てればこちらが立たず、か」

「ディナーの時間だから、お城へ帰るわ」プリンセスが立ちあがった。

陽が傾き、西の海岸近くではカジノの灯が点滅しはじめていた。おれとプリンセスはホテルに戻り、服を着た。

「ディナーにあなたを招待したいな。でも、今夜はだめだわ」ロビーまで見送りに出たおれに、彼女はいった。「公爵のテレガーベラ・ポリを招待してあるの。でも、明日はお城へ来るんでしょ」

「荷ほどきの立ち会いに行きます」ひと眼があるので、おれは馬鹿丁寧にそういって一礼した。

「では、また明日」

「また明日」

彼女自身の運転する車が城の方へ去るのを見送り、おれは部屋へ戻った。テレガーベラ・ポリとはどんな男だろうと思いながら、ベッドへごろりと転がった。ラワンデルの香りが、かすかにした。彼女の移り香だろうと思った。

その夜、カジノへ出かけた。出かける前に、所持金の千数百ドルを全部持って出ようかどうしようかと、だいぶ考えた。部屋へ置いていって盗難にあってもいけないし、全部持って出て使い込んでもいけない。結局数百ドルは部屋に残し、千ドル持って出た。だが、ルーレットに熱中して負け続け、千ドルを全部すってしまった。

翌朝、おれはホテルの前でタクシーを拾い、山の中腹にある城へ向かった。車は海から遠ざかり、オレンジ畑に囲まれた山道を走った。途中、コンピューターの部品を積んだトラックを数台追い越した。

「お城で何かあるのかね」と、中年の運転手が訊《たず》ねた。「またお祭りでもやるのか」

「お祭りみたいなものだ」と、おれは答えた。

「なんの祭りだね」

「新しい神様のお祭りだ」と、おれはいった。「コンピューターという、新しい神様のな」

「冗談なのかね。それは」

「もちろん、冗談だ」

ややあって、運転手はぼそりとつぶやいた。「わしゃ、冗談はあまり好きじゃないよ」

タクシーは城に着いた。すでに部品の大半が到着していて、裏庭では荷ほどきがはじまっていた。城の裏口があまりにも小さいので、おれはあわてて人夫たちに叫んだ。「ここから機械を搬入することは不可能だ。正面玄関へまわれ。玄関さきで梱包《こんぽう》をとけ」

「それはいかん」それまで人夫たちの仕事をぼんやり眺めていたビート髭《ひげ》の若い男が、おれに叫び返した。「正面玄関はプリンセスや外国からの賓客もお使いになる。機械ごときを正面から入れるわけにはいかん」

人夫たちは、またかという表情で手を休め、その場へしゃがみこんだ。

おれはゆっくりとビート髭に近づき、彼のよれよれの赤シャツを眺めながらいった。

「ここからは、機械が入らないんだよ。あんた」

「君は技師だろう。なら、機械をばらばらに分解しろ。そして、中で組み立てろ」彼は眼を三角にして怒鳴った。

「これ以上、分解はできん」

「何がどうあろうと、機械を玄関から入れることはならん」彼は腕組みした。「国主のお使いになる玄関を、機械に使わせてなるもんか」

「これは、ただの機械ではない。新しい国主だ」

「ななな何」彼は眼を剝《む》いた。「不敬な」

「不敬はそっちだ」おれも腕組みした。「どうしてこのＮＧ100型殿下に、もっと敬意を示さない。あんたもこの城の使用人なら、殿下に最敬礼しろ」

「おれは使用人ではない。公爵テレガーベラ・ポリだ」

なんだ、ポリ公というのはこいつか——おれは腹の中でそう思った。

「あなたたちの言い争い、二階の図書室にまで聞こえるわよ」プリンセス・ミオが裏口から出てきた。「どうしたの」

彼女は今日はベージュのブラウスと深紅のスラックスを着ていた。昨日より可愛くなっていた。

「あなたとしたことが、どうしてそんな古風なことをおっしゃるの」プリンセスはポリ公の言い分を聞いてかぶりを振った。それからわざとらしく、くすくす笑った。「いっそのこと、使用人全員、玄関へ整列させようじゃないの。その中をしずしずと機械がお入りになるの。みんな、いやな顔するわきっと。ね。面白いじゃないの」

「そうだな」ポリ公は機嫌をなおしてくすくす笑った。「面白いな。ポリ公はあきらかに、おれは、彼女がポリ公のご機嫌とりをしたことに不満だった。「面白いな。やろうやろう」

おれは、彼女がポリ公のご機嫌とりをしたことに不満だった。ポリ公はあきらかに、おれへの反感だけで機械を玄関から入れさせまいとしたのである。

城の使用人が左右に整列する中を、コンピューターの部品は次つぎと玄関から搬入された。コンピューターのための新しい部屋というのは、以前王と王妃の寝所だった二部屋をぶっこ抜いて作られたもので、城の四階のいちばん奥にある四十メートル四方の馬鹿でかい場所だった。エレベーターがないので時間がかかり、運び込みが終ったのは夕方だった。

もちろん使用人はずっと立ったままだ。しかし不満そうな顔をしている者はひとりもいなかった。みんな、搬入の指揮をとるプリンセス・ミオの姿を、にこにこと眼を細めて眺めていた。

「今に不平をいい出すんじゃないか」搬入がほぼ片づいた時、おれはプリンセスにそう耳打ちした。

「わたしのやりかたに不満があるならやめなさいと、いつもいっているのよ」と、彼女は答えた。「従業員が多過ぎて困っているくらいなの。でも、誰もやめないの。みんな、まだわたしのことを子供だと思って心配してるのよ。馬鹿よ、ほんとに」彼女は少しぷりぷりした口調でそういった。「ところで、ディナーにご招待するからお風呂《ふろ》を使って頂戴《ちょうだい》」

プリンセスがそういうと、ずっと彼女の横にくっついていたポリ公がすかさず口を出した。

「機械の代理としてのご招待だぜ。機械をディナーに招待するわけにはいかんからな」

プリンセスはポリ公の無礼をたしなめようともせず、黙っていた。

このいや味は――と、おれは考えた――自分がディナーに招待されないためのいや味だろうか、それとも、自分も招待しろといっているのだろうか。

しばらくして、プリンセスはポリ公にいった。「あなた、今夜はカジノへは」

「さて、どうしようかな」

「わたしは行くわ」

「では、ぼくも行きます」

「そう。ではまた、カジノでね」

胸がすっとした。ディナーはおれと彼女の二人だけだった。

「カジノへは、もう行ったの」食前酒《アペリチフ》を飲みながら、彼女はおれに訊ねた。

「昨夜行って、千ドル使いました」

「今夜、それを取り返したいと思う」

「取り返すことができればいいけど、負けると日本へ帰れなくなります」

「わたしといっしょなら負けないわ」

ディナーが終ると、彼女はニットのスーツに着換えた。さらに可愛かった。おれと彼女は運転手つきの車でカジノへ向かった。プリンセスの名を店名にした店へ入ると、支配人が出てきて挨拶《あいさつ》した。

「さきほどから公爵様がお待ち兼ねでいらっしゃいます」

ポリ公などよりは、この支配人の方がよほど公爵に見えた。

「こちらは築井さん。コンピューターの技師なのよ」と、彼女がおれを紹介した。

「コンピューターでしたら、当店にもございます」支配人が得意満面でいった。「各国ほとんどの銀行と情報交換できるコンピューターです」

「そういうものは現在、コンピューターとはいっていません」と、おれは教えてやった。

「それはただのカウンターです」

「簗井さんは昨夜、千ドル使ってしまったんですって」と、プリンセスがゆっくり意味ありげにいった。

「今夜は必ず、お勝ちになりますよ」支配人は愛想よくおれにウィンクした。

「そのかわり、公爵からはうんとまきあげておやり」と、プリンセスはいって含み笑いをした。

「よろしいので」支配人はあきらかに嬉《うれ》しそうな表情をし、訊ね返した。

「あの人は今まで、わたしといっしょに来ていたからずっと勝ち続けでしょ。今夜はわたしの連れはこの簗井さんなの」

「左様でございますか。ではお楽しみくださいませ。プリンセス・ミオ」一礼した。浮きうきして、支配人室へ去った。

ルーレットの方へ行くと、公爵が勝負に加わらずに待っていた。プリンセスといっしょでないと勝てないことを知っているらしかった。二、三回、プリンセスは勝負に加わった。おれと公爵は常にプリンセスと同じ数字、同じ色に賭《か》けた。勝ちはしたものの、金額は、少なかった。そのうちにプリンセスは、勝負からおりてしまった。おれは公爵と違う数字、違う色に賭けるようにした。勝ち続けた。負け続けた公爵は、さすが事情を悟った様子で、ぷりぷり怒って帰ってしまった。彼は三万ドル負けて帰った。おれの方は、プリンセスがおれについていることを悟った地もとの連中が、途中からおれと同じ数字、同じ色に賭けはじめたため、五千ドルしか勝てなかった。

帰りはプリンセスの車でホテルまで送ってもらった。

「組み立ては明日からね」と、彼女はいった。「組み立てながら、説明して聞かせなさい」

「そのつもりでした」と、おれは答え、車から降りた。「では、また明日」

「また明日ね」

翌日から、コンピューターの組み立てと、プリンセスのコンピューター教育にとりかかった。彼女に部品の説明をしながら組み立てるため、時間がかかった。彼女は決して頭のいい方ではなく、理解力も記憶力も、女性としては優れてもいず劣ってもいなかった。おれが苦心して組み立てた部品をまた取りはずして持ってきて、これは何、といって訊《たず》ねることもあった。憶《おぼ》えが悪くて叱られた経験がないためか、同じことを何度も平気で訊ねた。彼女の頭の中で、それまで彼女が持っていた知識と、新しい知識が矛盾なくぴったり重なった時は、自分で喜んでおれにキスしたりした。土台ができていない部分に、おれが新しい知識をあたえようとしても、彼女はきっぱりと拒否し、基礎知識の再確認をおれに求めた。そして彼女は、決してノートをとろうとしなかった。

公爵テレガーベラ・ポリは、毎日のように城へやってきた。だが使用人たちはプリンセスから言い含められているらしく、彼をコンピューター室へ入れようとはしなかった。彼がどれほどいらいらしているか、おれには想像できた。おれとプリンセスは、一週間以上も、毎日コンピューター室で二人きりなのである。ポリ公の心中は察するに余りあった。

九日目に、コンピューターの組み立ては終った。

十日目、プリンセスはコンピューター室で記者会見をした。数人の閣僚とおれが立ちあった。ポリ公も顔を出し、部屋の隅で聞き耳を立てていた。記者は十数人やってきた。

「コンピューターを政治に参加させるとは、どういう意味ですか」プリンセスの発表におどろいたAPの記者が、首をかしげて訊ねた。「機械に政見を質問なさるわけですか」

「あらゆる意見を資料として記憶させ、計算させ、最後に決断を下させるのです」

バカジア・デイリー紙の記者が眼を丸くした。「それはプリンセス、今まであなたがおやりになっていたことでしょう」

「そうです」プリンセスは平然と答えた。

「それでは、機械に政治をまかせてしまうおつもりですか」と、UPIが訊ねた。

「そうじゃありません。機械を操作するのはわたしですから」

「でも、国民がどう思うでしょうか」バカジア放送のアナウンサーが質問した。「国の政治を決定するのがコンピューターであると知ると、機械が国主になったという感じを受けないでしょうか。いや、事実わたしにも、そんな気がしてきました」

「国主はわたしです」と、プリンセスが答えた。「わたしの車はわたしを乗せ、わたしの足のかわりに、わたしをどこへでも運びます。でも、車は国主じゃありません。一時的に国主の足のかわりをするだけです。このコンピューターは、一時的に国主の頭脳のかわりをするだけです」

「あなたの結婚のお相手も、コンピューターに考えさせるおつもりですか」と、プレイボーイ誌の記者が訊ねた。

「わたしの結婚の相手は、わたしのハートが決めます」プリンセスはよそいきの微笑をした。

「残念ながら、わたしのハートの代りをしてくれる機械は、まだ発明されていません」ロイターが質問した。「機械の意見が確実であり、信頼できるとお考えですか」

「人間の持たない確実性、信頼性を求めて、機械が発明されたのです」プリンセスは、ゆっくりと立ちあがった。「わたしは機械を信じます」

「記者会見を終ります」と、総理が横からいった。

　小さな国のことであるにかかわらず、この記者会見は全世界――特に先進諸国のマスコミに大きな波紋を投げかけた。『コンピューターついに政治に進出！』『機械に政治をまかせた観光国バカジア』などの大見出し小見出しが新聞に出るや否や賛否両論がまき起り、まず世界各国の代表的政治家たちが、機械に政治をやらせ国内国外の諸問題を機械的に処理しようとすることの危険性を声大きくして叫べば、進歩的な科学評論家たちがこれに反対して、『無私無欲の機械よりは思想的偏向と肥大した自我を持つ人間政治家のほうがよっぽど危険』とやり返し、文学者たちが人間性の回復をと叫べば、学者技術者たちが『機械文明を否定して人間社会の発展はあり得ない』と反発、侃々諤々《かんかんがくがく》の騒ぎとなった。新聞にはコンピューターと結婚式をあげているプリンセス・ミオの漫画とか、コンピューターといっしょに寝たプリンセスが『ねえあなた、核兵器を持った方がいいかしら』と訊ねている漫画まで載り、ついにはコンピューターに指導されこき使われる未来の人間社会をテーマにした逆ユートピア小説を書きはじめるSF作家まであらわれ、小国バカジアはたちまち全世界の注目の的となってしまった。

記者会見の翌日から、おれとプリンセスはさっそくコンピューターに資料をあたえる仕事に没頭した。あらゆる資料をコンピューターに記憶させておかないことには、いざ解答を求めた時にも的確な判断を望むことはできない。もっとも数年前と違って、資料をいちいちテープやカードにパンチする必要はないのだが、いかに小国とはいえ一国の政治に関する資料を全部集めるとこれは大変な量であって、しかもほかのことと違って誰にでも手助けを頼むわけにいかず、閣僚はじめ政府の役人五十人ほどを助手にして乱暴にこき使ったものの、この連中とてせいぜい書類用の文章をコンピューター用言語に翻訳する程度の役にしか立たない。だいたい南国の人間でのんびりした奴が多いから仕事ははかどらず、一週間めにようやく現在の国際情勢に関する統計や文書の山がなくなったという有様である。そして国内事情に関する資料はその倍以上あるのだ。

「この調子だと、滞在期限までには終らないよ」ある晩ディナーの席上、おれはプリンセスにそういった。「何とかしなきゃあ」

「お給金を渡します。もっといなさい」

「そうもいかないんだ」

「あなたに帰られると困るわ。この間から世界中の記者がやってきてインタビューを求めているし、映画作りたいから主役をやってくれという注文がMGMとパラマウントからきているし、観光客はどんどん増えるからその対策や応対があるし、てんてこ舞いなのよ」

「結構なことじゃないか。コンピューターを使う前からすでに大繁盛だ」

「あなたのお蔭《かげ》よ」

「いや。君の人気だ。君はすでに世界一の人気者だよ」

「それを怒ってるの」

「おれは単なる技師だ」

「友達よ。この国に永住する気なら爵位《しゃくい》をあげるわ」

「友達なら、日本にだっている」

「あなたを愛してるのよ」

「恋びとなら、日本にだって……」おれは絶句した。彼女を見つめた。

彼女も、おれを見つめた。

「本気か」

プリンセス・ミオはうなずいた。おれたちはそれから、食事が終るまで黙り続けた。おれは日本にいる恋びとと、プリンセス・ミオを心の中で比較しようとした。だが、プリンセス・ミオと同時に他のもうひとりの女性を胸に思い浮かべることは不可能だった。

翌朝、おれはホテルの部屋から東京の本社へ電話をした。チーフ・オペレーターを呼び出し、おれは頼んだ。「滞在期限を、もう一か月延ばしてください」

「いいとも」チーフは上機嫌だった。「そっちのことは日本でも評判になっている。わが社のコンピューターのいい宣伝になる。社長も大喜びで、採算を度外視する方針を決定した。頑張ってくれ。出張手当と給料を送ろうか」

「お願いします」

助手の役人たちが仕事に馴《な》れたせいもあって、残りの資料は意外に早く、一週間でコンピューターに記憶させることができた。しかしそれまでの間政府の仕事が一切中断されていたため、プリンセスが処理しなければならない問題は山積されていた。NG100型が質問に答えるための資料をすべて呑《の》み込んで以後プリンセスは、一日のほとんどをコンピューター室にとじこもって過すようになった。

ここまでくると仕事はもう、おれの手をはなれたも同然である。プリンセスはNG100型とともに国の政策を決定しているわけだから、おれといえども勝手にコンピューター室へ入って行くことは許されない。ただ、プリンセスが操作のしかたを忘れたり機械が故障したりした時にだけ行けばよかった。おれは昼間はホテル前の海で泳いだり、夜はカジノへ行ったりして、城からの連絡を待つだけののんびりした生活を楽しむことにした。

四、五日ののち、NG100型による政策第一号が発表され、その内容が大きく全世界の新聞に載った。

『NG100型による政策第1号！　バカジア、国際観光国法統一運動に参加！』

この見出しを見てあっとおどろいたのは、おれだけではなかった。新聞を読んだ世界中の人間が驚いた筈《はず》であった。国際観光国法が世界的に統一され、実施された場合、賭博《とばく》は禁じられてしまうのである。賭博を禁じられたバカジアがそれ以後どうやって国民の生活を維持して行けるのだろう。おれはすぐ城へ電話してプリンセスに、どういうつもりか訊《たず》ねようとした。だが、どうせ今頃はインタビュー攻めに会っててんやわんやの筈だと思い、そのインタビュー記事の載る夕刊を待つことにした。

ところがその日の昼過ぎ、プリンセスの方から電話がかかってきた。「カジノの裏に、トルソという店があります。そこにいますから来なさい」

「あの店の評判は聞いている」おれはびっくりした。「表向きは料理店だが本当は連れこみホテルだ。悪い噂が立つよ」

「そのかわりあそこだと、どんな有名人が泊っても記者たちは取材を遠慮するの。あそこにいればインタビューにはこないわ」

口調はいつもと同じように無邪気だが、だいぶ参っているようだった。

「こんな場所に来るの、はじめてなんだろうね」イタリア料理店の薄暗い一室でプリンセスと向かいあったおれは、そう訊ねた。

「もちろんよ」

白いスーツを着ていた。今まで見た彼女の中で、いちばん可愛かった。

「あの政策第一号は、ほんとにNG100型の解答なんだろうね」

「そうよ」彼女はうなずいた。「あの運動に力を入れているのはイギリス、アメリカ、フランス、イタリア——みんなバカジアのお得意先なの。参加しておけばバカジアの評判がよくなるわ」

「運動が挫折《ざせつ》することを見越してNG100型はあんな解答を出したわけだろうね」

「そうでしょ。わたしNG100型を信用してるの」

おれたちは夕方までそこにいた。黙って顔を見あわせているだけだった。楽しかった。店を出る前に、軽くキスしただけだった。

ホテルへ戻って夕刊を拡げると、政策第一号に対するバカジア国民の声が大きく載っていた。機械とプリンセスを信じるという意見が半数、もう少し成り行きを見ようというのが三分の一、その残りのごく僅《わず》かが反対意見だった。プリンセスは好かれていた。

政策第二号は、翌朝の新聞に発表された。来年の国際観光年にはバカジア政府の主催で賭博オリンピックを開くというのである。おれは読み終るなりホテルを出て、タクシーで城へ向かった。NG100型が故障しているに違いなかった。政策第二号は、あきらかに政策第一号と矛盾していたからである。

プリンセスはおれが来ることを予想していて、使用人にそう命じておいたらしく、おれはすぐコンピューター室に通された。おれとプリンセスはNG100型の前で向きあった。

「NG100型に細工をしたな」と、おれは詰問した。「答えが矛盾してる」

「バカジアにとっては矛盾していないわ」プリンセスは魅力的だった。笑顔は昨日よりも可愛かった。「計算された矛盾よ」

「計算された矛盾など、あり得ない」おれはかぶりを振った。「どういう具合に細工したか知らんが、このままでは危険だ」

「でも、その危険な政策は、わたしが決定したものじゃなく、NG100型が決定したものなのよ」彼女はゆっくりといった。「そしてそのことは、世界中が知ってるわ」

おれは唖然《あぜん》とした。「それが狙いだったのか」

その時、記者団が集まっているという知らせがあり、プリンセスは部屋を出ていった。おれはコンピューターを点検した。最初、日本語で解答するよう指示をあたえ、日本語で質問してみた。その方が文脈の乱れ具合を調べやすいからだ。

「質問する。バカジア自由党に内紛が絶えぬ原因は何か」

一・五秒ののち、解答が出てきた。

「自由ナドト言ウハ己《おの》レサエ良ケレバヨイトイウコト。他人ヨケレト思ワバ他由、スベテノ人ヨケレト思ワバ全由トスレバヨク、ソノ意味カラモ自由党ナドハ無意味。内紛絶エヌモアタリマエ」あきらかに狂っていた。

次にパネルをとりはずし、内部を調べた。磁気コアが右か左かどちらかを向いたまま動かない部分があちこちにあり、そのかわり出力装置の解答拒否用演算装置がなくなっていた。人間でいえば超自我《スーパー・エゴ》のような機能を果す役割の装置がなくなったわけだ。ううん、と、おれは唸《うな》った。この程度に狂わせておけば、これ以上の故障はほとんどなくなってしまうのである。女らしい直観力でプリンセスは誰にも考えつかなかったようなことを平気でやったのだ。

計算された矛盾とは、そういうことだったのか——その夜おれはホテルのベッドの上でプリンセスの知恵に舌を巻いていた——どうせ首尾一貫した政策がとれないのなら、人間の生み出す矛盾よりは機械の作り出した矛盾の方が敵意を持たれなくてすむではないか。そのために彼女は、その矛盾の作り出せそうな安いコンピューターを購入し、おれのような二流以下のオペレーターしか雇えないような予算を出したのである。

そして世界は、プリンセスの思い通りの方向に動き出した。今やみごと彼女の作戦にひっかかった各国のマスコミは、バカジアが新しい政策を発表するたびに争ってユーモアたっぷりの報道をした。『NG100型、いうことがまるでムチャクチャ』『バカジアのコンピューター、またしてもおとぼけ政策』半月ほどするうちに全世界が、バカジアの次の政策発表を面白がって待ち望むようになった。NG100型もその期待にそむかず、とんでもない政策を次つぎと吐き出した。そしてプリンセスは、わたしは機械を信じますというメッセージをのべつ発表し続けながらその政策を次つぎと実行した。南欧防衛軍備同盟に加入したかと思うと次の日は軍縮委員会に参加し、たいした農地もない癖に農地改革をやり、はては原爆もない癖して核実験登録を国連に申し込んだりした。最初のうちはそれ見たことかと嘲笑《ちょうしょう》し、バカジアなかろうかあの国はなどと悪口をいっていた世界各国の指導者たちまで、あまりといえばあまりの馬鹿馬鹿しさに今度は腹をかかえて笑いころげはじめ、バカジアに対してだけはバカジアの政策に調子をあわせた頓珍漢《とんちんかん》な外交方針をとるようになった。バカジアは世界一の人気国となり、観光客はうなぎのぼりに増えはじめ、NG100型はホンキイ・トンクの愛称で全世界の人間に知られ、城には毎日見物客が押しかけた。

あまりにも話がうますぎるので、おれは少し心配だった。今に何か悪いことが起るのではないかという予感がした。その予感は適中した。もっとも、それはおれの予想していたものとは違った種類の適中のしかただった。ある日、日本から電話がかかってきたのだ。

「なんということをしてくれた」チーフ・オペレーターはかんかんに怒っていた。「わが社のコンピューターが全世界の笑いものだ。それでも貴様は技師のつもりか。即刻クビだ。もう帰ってくるな」

彼は一方的に罵《ののし》り続けた末、電話を切ってしまった。

こうなれば爵位をもらい、この国に永住する他はないなと思っている矢さき、今度はおれとプリンセスが時どきトルソで密会しているという記事がバカジア・デイリーに出た。事実は三回だけ、それも例によって向きあい、黙っているだけのデイトだったのだが、発表されてしまうとおれが外国人であるだけに重大問題になり、まるでおれが彼女を誘惑してたらし込んだかのように思われ、バカジアの連中のおれに対する感情は悪化した。おれはなるべくプリンセスに会わぬようにすることにした。彼女からの連絡もふっつりと絶えた。やはりひと眼を警戒しているのだろうとおれは思った。彼女に会えず、することはなく、といって日本に戻ったところで職はない。おれは次第にうら悲しい気持になってきた。うら悲しい気持のままでさらに何日かが過ぎた。バカジアへ来てから、二か月が過ぎていた。

その夜、おれは海岸へ散歩に出た。ホテルのバーやカジノへ行っても、土地の連中から白い眼を向けられるので、散歩でもするよりしかたがなかった。おれはからだをもてあましていた。

砂浜は乳白色の月の光に映え、大気は澄んでいた。二か月前、プリンセスと泳いだあたりの波打ちぎわを、おれは歩いた。

砂の上に、車が停っていた。見たことのある車だと思い、近づいた。プリンセスの愛用車だった。泳いでいるのかな——車内に誰もいないので、おれは海を眺めた。

海にしぶきがあがり、人声がした。おれは車の蔭《かげ》に身をひそめた。プリンセスと、公爵テレガーベラ・ポリが、軽い笑い声をあげながら海から出てきて、こちらへやってきた。ふたりは全裸だった。彼らは車から少しはなれた砂の上に、身を横たえた。

「彼がいなくなっても」と、ポリ公が訊ねた。「君はあのコンピューターを、始終ホンキイ・トンクに調律しておくことができるのかい」

「もう大丈夫よ」と、プリンセス・ミオは答えた。「修理のしかたもマスターしたわ」

「トルソでは、ほんとに何もなかったのか」

「なかったわ。信じなさい」

「何もしないのなら、どうして彼とあんなところへ行ったんだ」

プリンセスは、しばらく黙っていた。

やがて、軽く答えた。「あなたに、結婚の申し込みをさせる為よ」

「おれはしたよ。昨日」と、ポリ公はいった。「で、返事はどうなんだい。プリンセス」

「お受けします。公爵」

それきり、ふたりは沈黙した。

海はおだやかだった。波の音が静かに聞こえるだけだった。その波の音の絶え間に、やがてポリ公の息づかいが聞こえはじめ、それは次第に荒あらしくなった。そしてごくかすかに、プリンセスの可愛い喘《あえ》ぎ声もした。おれはゆっくりと立ちあがり、その場をはなれた。

プリンセス・ミオに対する怒りの感情は、不思議なことにぜんぜん湧いてこなかった。むしろ彼女の女らしい知恵と才気に圧倒され、感動さえした。立派な女王《クィーン》になるだろうと、おれは思った。

翌朝、おれはバカジアを発《た》ち、日本へ向かった。

3

二十世紀後半は、実力よりはむしろ虚名の時代であった。「道化に身を落す」などといういいかたはすでに過去のものであり、軽佻浮薄《けいちょうふはく》な道化師こそまさにスター中の王者であり、冷たい国際的な緊張を素《す》っ頓狂《とんきょう》なギャグで解きほぐしてしまったバカジアこそ、まさに平和の使徒であった。それは実力のある大国がやろうとしたところで、ぜったいにできぬことだったのである。実力のある国は人気があってはならない——世界中の人間がそう思いこんでいるかのような時代であった。自ら道化に身を転じて東西両陣営から可愛がられ、一躍世界のマスコット的存在になったバカジアを見て羨《うらや》ましがったのは、やはりそれまで国際情勢のややこしさに身の処しかたを考えあぐねていた数十の小国、弱国、新興国などであった。彼らはバカジアの政策を見ならおうとし、争って日本のNG100型を求めてきた。その注文にはおまけがついていた。バカジアが買った機械を、あのようにみごとにホンキイ・トンクに調律したと同じ技師を、わが国へも寄越《よこ》してほしいというのである。日本へ帰国したおれのところへ、おれの帰りを待ち兼ねていたチーフ・オペレーターが新しい雇用条件を持ってやってきた。おれはふたたび以前の会社に就職し、給料は一挙に三倍半となった。世界中の小国から引っぱり凧《だこ》になったおれは、売られていくコンピューターと同じ船に乗って昨日は東今日は西と、旅から旅への渡り鳥暮しを続けることになった。バカジアでのスキャンダルが日本へも伝わっていたため、おれは日本の恋人からも振られてしまったが、いずれはどこかの国でいい相手にもめぐり会える筈《はず》、どうせ気ままなひとり旅、独身の方が気も楽だ。今日も小型貨物船の甲板でデッキ・チェアーに寝そべって、やけくそ気味の銅鑼《どら》声はりあげバンジョー弾いてうたう歌は、「I'm a honky-tonk an……」

解説

相倉久人

筒井康隆をほんとうにこわい作家だと思ったのは、『カメロイド文部省』という初期の作品を読んでいた時だった。

地球の外語大学でカメロイド語を学んだ主人公ヤッシャ・ツッチーニのもとへ、或《あ》る日、当の地球型惑星カメロイドから一通の手紙が舞いこむ。生かじりの日本語で綴《つづ》られた支離滅裂な文章を判読すると、どうやらカメロイドへ来て小説の生産にたずさわる気はないか、という一種の招請状らしい。残念ながらその手紙をここで紹介しているゆとりはないが、その中にあらわれる「ますますもって帆たて貝」という意味不明のフレーズは、どういう慣用句を間違えて使ったのだろうと、当時かなり話題になったものである。

このへんまではゲラゲラ笑って読んでいられるのだが、折り返し主人公が承諾の返事を書き、それにたいするカメロイドからの再信を、やはり腹をかかえながら読み進むうちに、だんだん背すじが寒くなってきた。少し長いけれども、全文引用しよう。(誤植のないようたのンまっせ)

「お手紙拝見しました。カメロイドには小説もなければ作家もいないということは、大学在学中からちゃんと存じておられたということは、貴様の非才が躍如としてめ面目ない。貴様の非才がきてクれたら、当カメロイドの言語芸術発展のお役に立つので赴いてクれたい。報酬の件は宇宙グランに換算して標準価格が地球の出張手当は多少の一語百八十ピコグランをしょ承知しました。旅行のための支度金についていっしょに入れた今見た思うよろしか。いつきてクれられるかのご返事を待ちます。非才ヤッシャ・ツッチーニ様。カメロイド文部大臣ブクブク。追伸。小説早く見たいのですぐ書いてほしいのでこっちへくるまでに書く小説さきに考えてください。来てからあとから考えるしないでください。小説は、あしびきのやまどりのをのしだりをのなが長し小説がヨい。追伸の追伸。できたら2個か3個さきに考えてください」

前便の支離滅裂さにくらべると、前半はいくらか日本語らしくなっているのだが、それは主人公の返事にあった文章をほとんど敷きうつしにしているからだ。その結果、妙にこなれた言いまわしがあらわれるかと思うと、「面目躍如」とすべきところが「躍如としてめ面目ない」になっていたりして、奇妙キテレツこの上もない。まさに筒井康隆の面目躍如といったところである。

相手の言いまわしをそのまま借用して返事を書くというのは、慣れない英文などで手紙をやりとりするときに、ぼくらがよく使う手である。ぼくも同じようなコッケイさを犯していたのではないかと思うと、笑っているうちに冷汗が出てきた。

筒井作品には、きわめて日常的な現象を素材にしたものが多い。本書に収められたどの作品についても、発端だけをみれば、いかにもありがちな話である。『ワイド仇討』のような時代物にしてからがそうだ。幕末から明治へという特殊な時代の枠の中で、心ならずも仇討ちに出ざるを得なくなった人間の心情は、さぞかしそんなものであったろうと思わせるものが、そこにはある。ところが、そういった連中が行く先々で出逢《であ》いを重ねて、旅興行の仇討一座を形成していくあたりから、だんだん話がおかしくなってくる。そこへさらにマスコミの演出が加わることによって、アッという間に筒井流疑似イベント・コメディの修羅場と化してしまう。

この作品の場合もそうだが、マスコミ的な話題やマスコミ現象そのものを、あくなき過剰さをもってパロディ化してみせる点で、彼にまさる作家はいない。初期の『東海道戦争』にはじまって、そのワイド版ともいうべき処女長篇『48億の妄想』、さらに『火星のツァラトゥストラ』、直木賞候補に挙げられた『ベトナム観光公社』『アフリカの爆弾』、そして最近作の『日本以外全部沈没』と、代表作のほとんどがこの系列に属している。

本書の『君発ちて後』もその一つで、ここでは「蒸発」がテーマになっている。働きざかりの人間の蒸発がマスコミの注目を集め、今村昌平《いまむらしょうへい》が『人間蒸発』という映画を作った頃の作品で、話の展開はまったく違うが、映画同様、蒸発した夫を捜す女が主人公になっている。その稀夢子がバスを待ちながら、白昼夢としてみる「人間蒸発株式会社」のアイディアから、主人公の発狂にいたるイメージの展開が無気味である。

『断末魔酔狂地獄』は、高齢化社会の出現が近づきつつあるというマスコミ的話題をもとに、マスコミそのものを茶化したパロディの傑作である。老人向け週刊誌という発想からしてすでに秀逸であるが、それをテーマにこれほどすさまじいドタバタ地獄を考え出すとは、なんともはやおそろしい作家である。

『オナンの末裔』は、いまだかつてオナニーをした経験のない若いサラリーマンが、先輩にけしかけられて、必死に想像力を駆使しようと苦心惨憺《さんたん》する話だが、主人公のイメージが貧困で、いくらあがいても想像力が毎日の業務の枠をぬけ出せないあたりが、やたらにおかしく、そしてかなしい。

『雨乞い小町』は一種のタイム・トラベル物だが、在原業平、小野小町、文屋康秀といった連中のつきあいぶりが、文壇バーにたむろする作家たちの生態そっくりなのがおもしろい。

作家の生態といえば、気むずかし屋の私小説の老大家の虚構と真実をテーマにした『小説「私小説」』も、地味ではあるが、読み捨てにできない佳品である。ストーリーの基底をかたちづくっている「私小説のウソ」については、まえまえからすでに言いつくされているところであり、その意味では確かに目新しさはない。そのことがこの作品を地味にしているのだろう。しかし、疑似イベント小説作家としての筒井康隆の本領は随所に発揮されているし、描写が地味なだけに、かえってすごみがある。老作家の「私小説のウソ」をあばき出してトコトン喰《く》いつくそうとするマスコミと、最後まで意地を通そうとする作家のあいだにはさまれて、次第に狂っていく妻の姿がいたましい。

それにしても、彼の小説に登場する女たちは、どうしてこう揃いも揃ってエキセントリックで、よわよわしく、想像力に欠けていて、そのくせたけだけしいのだろう。老作家の頑固一徹ぶりに従順なあまり逆上して夫を殺してしまうふさなどはむしろ例外で、初期の作品に登場する主人公の女房には、何ごとにも鈍感で、天地がひっくりかえるような騒ぎの中でも、夫が頼んでおいた買物を忘れたことを責めるような手合いが多い。女というものは本質的にそうなのだと言ってしまえばそれまでだが、知らない読者は筒井夫人がそういうタイプの人間だと思いこんでしまうのではないかと、それが心配だ。筒井さんは悪い人です。ねえ奥さん、だからすぐ筒井さんと別れなさい。そして、ぼくと一緒になりましょう。一緒になるのです。(と、なぜかこのへんは筒井調になる)

『ぐれ健が戻った』は、一種のホーム・ドラマであるが、ひと組の夫婦をのぞいていずれも死者であることを途中まで気づかせないところが、一種のドンデン返しになっている。

表題作の『ホンキイ・トンク』は、調子の狂ったコンピューターが小国バカジアにユートピアをもたらすという、コンピュートピア小説で、同時にコンピューター政治にたいするパロディにもなっている。プリンセス・ミオの有能な才女ぶりがかわいらしく、さすがは『時をかける少女』(この作品はNHKでテレビ化された)を書いて、少女小説の分野でも腕を発揮している作者だけのことはあると思わせるものがある。

こう書いてくると、筒井康隆が単なるパロディ作家のように受け取られてしまうかもしれないが、むろん、そんなことはない。彼の作品群の中には、すでに本文庫にも収められている『幻想の未来』のようなシリアスなSF中篇の傑作もあるし、全篇が会話で綴られている、ぼくの大好きな『フル・ネルソン』のような、不思議な言語感覚を持つ作品もあり、さらには、『かいじゅうゴミイ』や『地球はおおさわぎ』のような童話もある。きわめて多面的な作家である。それだけに作家としての彼をトータルにとらえることはむずかしい。それだけに、ぼくはいつか近いうちに、本格的な筒井康隆論に挑戦してやろうと思っている。

本書は一九七三年十一月に刊行された角川文庫『ホンキイ・トンク』を底本とし、『筒井康隆全集』新潮社刊（一九八三年四月〜八五年三月）を参照しています。

本書中には、片輪、気ちがい、気がくるう、レズ、気がちがうなど、現在では使うべきではない差別語、並びに、今日の人権意識に照らして不適切と思われる語句や表現がありますが、作品執筆当時の時代背景や作品の文学性を考慮しそのままといたしました。

（編集部）

ホンキイ・トンク

筒《つつ》井《い》康隆《やすたか》

昭和48年 11月30日　初版発行
平成30年 10月25日　改版初版発行
令和 6 年 11月25日　改版 4 版発行

発行者●山下直久

発行●株式会社KADOKAWA
〒102-8177　東京都千代田区富士見2-13-3
電話　0570-002-301（ナビダイヤル）

角川文庫 21224

印刷所●株式会社KADOKAWA
製本所●株式会社KADOKAWA

表紙画●和田三造

ISBN 978-4-04-107324-7　C0193

JASRAC 出 1810186-404

角川文庫発刊に際して

角川源義

第二次世界大戦の敗北は、軍事力の敗北であった以上に、私たちの若い文化力の敗退であった。私たちの文化が戦争に対して如何に無力であり、単なるあだ花に過ぎなかったかを、私たちは身を以て体験し痛感した。西洋近代文化の摂取にとって、明治以後八十年の歳月は決して短かすぎたとは言えない。にもかかわらず、近代文化の伝統を確立し、自由な批判と柔軟な良識に富む文化層として自らを形成することに私たちは失敗して来た。そしてこれは、各層への文化の普及滲透を任務とする出版人の責任でもあった。

一九四五年以来、私たちは再び振出しに戻り、第一歩から踏み出すことを余儀なくされた。これは大きな不幸ではあるが、反面、これまでの混沌・未熟・歪曲の中にあった我が国の文化に秩序と確たる基礎を齎らすためには絶好の機会でもある。角川書店は、このような祖国の文化的危機にあたり、微力をも顧みず再建の礎石たるべき抱負と決意とをもって出発したが、ここに創立以来の念願を果すべく角川文庫を発刊する。これまで刊行されたあらゆる全集叢書文庫類の長所と短所とを検討し、古今東西の不朽の典籍を、良心的編集のもとに、廉価に、そして書架にふさわしい美本として、多くのひとびとに提供しようとする。しかし私たちは徒らに百科全書的な知識のジレッタントを作ることを目的とせず、あくまで祖国の文化に秩序と再建への道を示し、この文庫を角川書店の栄ある事業として、今後永久に継続発展せしめ、学芸と教養との殿堂として大成せんことを期したい。多くの読書子の愛情ある忠言と支持とによって、この希望と抱負とを完遂せしめられんことを願う。

一九四九年五月三日

角川文庫ベストセラー

時をかける少女〈新装版〉
筒井康隆
放課後の実験室、壊れた試験管の液体からただよう甘い香り。このにおいを、わたしは知っている——思春期の少女が体験した不思議な世界と、あまく切ない想いを描く。時をこえて愛され続ける、永遠の物語！

日本以外全部沈没
パニック短篇集
筒井康隆
地球の大変動で日本列島を除くすべての陸地が水没！　日本に殺到した世界の政治家、ハリウッドスターなどが日本人に媚びて生き残ろうとするが。時代を超越した筒井康隆の「危険」が我々を襲う。

陰悩録
リビドー短篇集
筒井康隆
風呂の排水口に○○タマが吸い込まれたら、自慰行為のたびにテレポートしてしまったら、突然家にやってきた弁天さまにセックスを強要されたら。人間の過剰な「性」を描き、爆笑の後にもの哀しさが漂う悲喜劇。

夜を走る
トラブル短篇集
筒井康隆
アル中のタクシー運転手が体験する最悪の夜、三カ月以上便通のない男の大便の行き先、デモに参加した女子大生を匿う教授の選択……絶体絶命、不条理な状況に壊れていく人間たちの哀しくも笑える物語。

佇むひと
リリカル短篇集
筒井康隆
社会を批判したせいで土に植えられ樹木化してしまった妻との別れ。誰も関心を持たなくなったオリンピックで黙々と走る男。現代人の心の奥底に沈んでいた郷愁、感傷、抒情を解き放つ心地よい短篇集。

角川文庫ベストセラー

出世の首
ヴァーチャル短篇集

筒井康隆

物語、フィクション、虚構……様々な名で、我々の文明に存在する「何か」。先史時代の洞窟から、王朝、戦国をへて現代のTVスタジオまで、時空を超えて現れるその「魔物」を希求し続ける作者の短篇。

ビアンカ・オーバースタディ

筒井康隆

ウニの生殖の研究をする超絶美少女・ビアンカ北町。彼女の放課後《オーバースタディ》は、ちょっと危険な生物学の実験研究にのめりこむ、生物研究部員。そんな彼女の前に突然、「未来人」が現れて――！

にぎやかな未来

筒井康隆

「超能力」「星は生きている」「最終兵器の漂流」「怪物たちの夜」「007入社す」「コドモのカミサマ」「無人警察」「にぎやかな未来」など、全41篇の名ショートショートを収録。

偽文士日碌

筒井康隆

後期高齢者にしてライトノベル執筆。芸人とのテレビ番組収録、ジャズライヴとSF読書、美食、文学賞選考の内幕、アキバでのサイン会。リアルなのにマジカル、何気ない一コマさえも超作家的な人気ブログ日記。

農協月へ行く

筒井康隆

ご一行様の旅行代金は一人頭六千万円、月を目指して宇宙船ではどんちゃん騒ぎ、着いた月では異星人とコンタクトしてしまい、国際問題に……⁉ シニカルな笑いが炸裂する標題作など短篇七篇を収録。

角川文庫ベストセラー

幻想の未来

筒井康隆

放射能と炭疽熱で破壊された大都会。極限状況で出逢った二人は、子をもうけたが。進化しきった人間の未来、生きていくために必要な要素とは何か。表題作含む、切れ味鋭い短篇全一〇編を収録。

きみが住む星

池澤夏樹
写真／エルンスト・ハース

成層圏の空を見たとき、ぼくはこの星が好きだと思った。ここがきみが住む星だから。他の星にはきみがいない。鮮やかな異国の風景、出逢った愉快な人々、恋人に伝えたい想いを、絵はがきの形で。

キップをなくして

池澤夏樹

駅から出ようとしたイタルは、キップがないことに気が付いた。キップがない！「キップをなくしたら、駅から出られないんだよ」。女の子に連れられて、東京駅の地下で暮らすことになったイタルは。

星に降る雪

池澤夏樹

男は雪山に暮らし、地下の天文台から星を見ている。死んだ親友の恋人は訊ねる、何を待っているのか、と。岐阜、クレタ。「向こう側」に憑かれた2人の男。生と死のはざま、超越体験を巡る2つの物語。

言葉の流星群

池澤夏樹

残された膨大なテクストを丁寧に、透徹した目で読み進むうちに見えてくる賢治の生の姿。突然のヨーロッパ志向、仏教的な自己犠牲など、わかりにくいとされる賢治の詩を、詩人の目で読み解く。

角川文庫ベストセラー

嗤う伊右衛門　京極夏彦

鶴屋南北「東海道四谷怪談」と実録小説「四谷雑談集」を下敷きに、伊右衛門とお岩夫婦の物語を怪しく美しく、新たによみがえらせる。愛憎、美と醜、正気と狂気……全ての境界をゆるがせる著者渾身の傑作怪談。

巷説百物語　京極夏彦

江戸時代。曲者ぞろいの悪党一味が、公に裁けぬ事件を金で請け負う。そこここに滲む闇の中に立ち上るあやかしの姿を使い、毎度仕掛ける幻術、目眩、からくりの数々。幻惑に彩られた、巧緻な傑作妖怪時代小説。

続巷説百物語　京極夏彦

不思議話好きの山岡百介は、処刑されるたびによみがえるという極悪人の噂を聞く。殺しても殺しても死なない魔物を相手に、又市はどんな仕掛けを繰り出すのか……奇想と哀切のあやかし絵巻。

後巷説百物語　京極夏彦

文明開化の音がする明治十年。一等巡査の矢作らは、ある伝説の真偽を確かめるべく隠居老人・一白翁を訪ねた。翁は静かに、今は亡き者どもの話を語り始める。第130回直木賞受賞作。妖怪時代小説の金字塔！

前巷説百物語　京極夏彦

江戸末期。双六売りの又市は損料屋「ゑんま屋」にひょんな事から流れ着く。この店、表はれっきとした物貸業、だが「損を埋める」裏の仕事も請け負っていた。若き又市が江戸に仕掛ける、百物語はじまりの物語。

角川文庫ベストセラー

西巷説百物語　京極夏彦

人が生きていくには痛みが伴う。そして、人の数だけ痛みがあり、傷むところも傷み方もそれぞれ違う。様々に生きづらさを背負う人間たちの業を、林蔵があざやかな仕掛けで解き放つ。第24回柴田錬三郎賞受賞作。

みぞれ　重松清

思春期の悩みを抱える十代。社会に出てはじめての挫折を味わう二十代。仕事や家族の悩みも複雑になってくる三十代。そして、生きる苦みを味わう四十代――。人生折々の機微を描いた短編小説集。

とんび　重松清

昭和37年夏、瀬戸内海の小さな町の運送会社に勤めるヤスに息子アキラ誕生。家族に恵まれ幸せの絶頂にいたが、それも長くは続かず……高度経済成長に活気づく時代と町を舞台に描く、父と子の感涙の物語。

みんなのうた　重松清

夢やぶれて実家に戻ったレイコさんを待っていたのは、いつの間にかカラオケボックスの店長になっていた弟のタカツグで……。家族やふるさととの絆に、しぼんだ心が息を吹き返していく感動長編！

ファミレス　(上)(下)　重松清

妻が隠し持っていた署名入りの離婚届を発見してしまった中学校教師の宮本陽平。料理を通じた友人である、一博と康文もそれぞれ家庭の事情があって……50歳前後のオヤジ3人を待っていた運命とは？